Pedra na Contraluz

Contos

Dados Internacionais de Catalogação na Publicação (CIP)
(Câmara Brasileira do Livro, SP, Brasil)

Lopes, Celso
   Pedra na contraluz / Celso Lopes. -- São Paulo : Ícone, 2010.

   ISBN 978-85-274-1110-3

   1. Contos brasileiros I. Título.

10-04402   CDD-869.93

Índices para catálogo sistemático:

1. Contos : Literatura brasileira   869.93

Celso Lopes

Pedra na Contraluz

1ª edição
Brasil
2010

© Copyright 2010
   Celso Antônio Lopes da Silva

Ilustrações
Ricardo "Bolicão" Dantas

Projeto gráfico, capa e diagramação
Richard Veiga

Revisão
Cláudio J. A. Rodrigues

Proibida a reprodução total ou parcial desta obra, de qualquer forma ou meio eletrônico, mecânico, inclusive através de processos xerográficos, sem permissão expressa do editor. (Lei nº 9.610/98)

Distribuído pela:
ÍCONE EDITORA LTDA.
Rua Anhanguera, 56 – Barra Funda
CEP: 01135-000 – São Paulo/SP
Fone/Fax.: (11) 3392-7771
www.iconeeditora.com.br
iconevendas@iconeeditora.com.br

Prólogo

Um bêbado subitamente atropelado por um ônibus; um pivete diante de sua refém; um bóia-fria investindo contra uma colhedeira; uma mulher de bandido presenteada com um anel roubado; um pintor de faixas às voltas com a polícia no levante geral dos marginais de São Paulo, em 2009: estes são alguns dos cenários que Celso Lopes escolheu como terreno fértil para plantar sua excelente narrativa.

Este novo contista paulista prefere buscar suas personagens naquelas camadas da população onde as contradições econômicas e sociais do país provocam as suas maiores vítimas: trabalhadores braçais, desempregados, operários sem eira nem beira, biscateiros, prostitutas e toda sorte de gente marginalizada e sofrida que forma o espelho estilhaçado da tragédia urbana nas megalópolis como São Paulo. Salvo o conto *A travessia*, que narra a história de um músico argentino morador do Arraial d'Ajuda, na Bahia, uma espécie de Dr. Fausto local, todos os demais transitam neste cenário, conferindo a Celso Lopes o legado típico dos contistas urbanos que marcaram as últimas décadas do século passado. Por esse ângulo, talvez não se deva conferir-lhe nenhuma originalidade, pois vários outros contistas de primeira linha já trilharam este caminho, como um João Antonio ou um Vander Piroli. O que não significa que ele não tenha uma aguda percepção da malha social brasileira e a intuição de explorar literariamente pequenos detalhes que lhe sobressaem. Ademais, o que não se pode negar em sua narrativa é uma particularidade que a torna originalíssima: o vigor da linguagem, que flui, viva e comovente, e de tal forma bem estruturada que consegue realizar o conto sem precisar sequer contar uma história.

De fato, vistos com rigor, estes contos não contam uma história linear, dentro das técnicas e padrões clássicos conhecidos. Não contam porque, no fundo, não precisam. A simples introdução das personagens, com suas conjeturas sobre o destino, o passado e o futuro de cada um, como se fossem protagonistas inconscientes de si mesmos, já é suficiente para atingir o objetivo maior de dar ao conto uma vida própria, com desenvolvimento e desfecho. Poder-se-ia sintetizar esta fórmula numa simples frase: a personagem é o conto.

Nesse aspecto, há que se destacar aqui que cada personagem é introduzida através da descrição de um ato extremo, do desfecho de uma situação limite que, ao mesmo tempo, projeta e finaliza o conto. E este desfecho soa de uma forma tão surpreendente que provoca inevitavelmente um impacto no leitor. Tal estrutura narrativa é que faz de Celso Lopes um contista talentoso e original.

Em *Os bêbados não descem o meio-fio impunes*, o personagem, um desempregado bêbado, desnorteado no "labirinto do porvir" (sem chance, na verdade, de pensar o porvir), praticamente se deixa atropelar por um ônibus ao descer o meio-fio. A frase com que imerge no seu gesto desesperado é emblemática. Aliás, não é uma frase, mas simplesmente uma palavra: "caí"! *Em Fonte Luminosa – Nenhuma idéia*, o pivete que lidera uma fuga alucinada da Febem, e mantém como refém uma assistente social na iminência de ser estuprada e morta, desiste, na última hora, de seu intento. Mas o faz diante da lembrança da mulher de que poderia ser sua mãe, ao tempo em que ela implora aos policiais que se aproximam para que não o maltratem ("Deixem ele, é apenas um menino. Deixem que eu mesma cuido dele."). Em *Rogai por nós*, a personagem bóia-fria, num rasgo de consciência de que a mecanização da lavoura será o fim do seu trabalho e do seu sustento, investe furiosamente com todas as armas disponíveis ("o punhal, o cabo de enxada, o aríete, o varapau") contra uma colhedeira; tendo perdido o senso do perigo e da inutilidade de seu gesto, acaba sucumbindo, triturado nas ferragens da máquina inimiga. Este Don Quixote moderno não deixa de ser um exemplo típico, e trágico, de nossa realidade. Já em *Pedra na contraluz*, talvez o mais belo conto do livro, a personagem (uma "mulher de bandido") apunhala ela própria o seu homem, de quem se julga inseparável, num desfecho com traços típicos da tragédia grega: instinto de vingança contaminado contraditoriamente pelos sentimentos de amor, de posse e de morte. Por outro ângulo, o entrechoque final conduz à fascinação da mulher pelo perseguidor do seu homem, como se fosse inevitável a sua entrega a um poder maior, isto é, à lei do mais forte, que comanda o mundo marginalizado.

Cada personagem é vista, assim, sob a ótica de uma situação extrema, diante da qual tentará um gesto que vai lhe conferir uma identidade. Este ato é o símbolo de todos os atos de suas vidas. É o que lhe dá um sentido moral, no contexto de seu mundo interior. Assim, a razão suprema do bóia-fria Divino é a sua súbita e quixotesca investida contra a colhedeira, ato que significa, de um lado, seu instinto de sobrevivência, e de outro, a única revolta possível diante de um mundo injusto. Nesse sentido, Divino é um bóia-fria e todos os bóias-frias ao mesmo tempo.

Mas esta estrutura narrativa teria inevitavelmente que ser refém de um modelo de linguagem próprio. Não teria êxito sem o respaldo de um linguajar que fosse correspondente ao estamento social da personagem. É nesse aspecto que os contos de Celso Lopes atingem sua maturidade narrativa. Suas personagens falam ou pensam uma linguagem que em tudo lhes é própria. E pertence a poucos contistas o atributo de colocar na boca de suas personagens uma fala realmente coloquial, sem rebuscamentos ou frases que lhes sejam estranhas. Identificamos o mundo interior do pivete de Fonte Luminosa porque as palavras que o descrevem são a sua própria imagem. Quando ele fala, é o que é no mundo real. Até na denominação de seus algozes este esquema é perfeito. Nenhum outro nome soaria melhor na cabeça de um pivete para designar a truculência policial do que "Dá-sem-dó".

Li os oito contos desse livro com um enorme prazer. Creio que Celso Lopes tem um papel assegurado entre aqueles que se dedicam à narrativa curta no Brasil. Conseguir o que já conseguiu, com vários contos premiados, isoladamente, e o livro como um todo tendo recebido o 1º lugar no concurso de contos da União Brasileira de Escritores, em 2009, já é uma grande façanha, numa área considerada a mais difícil e desafiadora da literatura de todos os tempos.

Paulo Martins[1]

---

[1] Paulo Ribeiro Martins é escritor, autor do romance **"Glória partida ao meio"** (Editora 7 Letras), **"Jacques Brel - a magia da canção francesa"** (Editora 7 letras / esgotado), e co-autor de **"Anistia para os brasileiros - ontem hoje e sempre"** (Civilização Brasileira, 1978).

Apresentação

 Celso Lopes é um contista poeta, ou um poeta contista, sei lá. Sei que conta histórias usando e abusando da abundância metafórica que a linguagem e sua imaginação possibilitam. Além de explorar sem reservas a sinonímia, a reiteração e a metalinguagem, o autor não foge ao interdiscurso explícito, com referências a situações, costumes, personagens e fatos que marcaram a História. Assim, vai permitindo que o leitor o ajude a configurar a diversidade de imagens com as quais flagra os seus personagens no instante exato em que se dão conta de que não conseguem escapar daquilo que são. Mundo real, mundo da ficção, mundos que se esbarram muitas vezes. Nós, leitores, não nos importamos tanto com tantos detalhes, queremos é história, da boa, bem contada. E isso, o autor de "Pedra na Contraluz" vem fazendo cada dia melhor.
 Nos oito contos aqui reunidos predominam personagens masculinos, urbanos, metropolitanos de nascença ou não, passando a limpo suas vidas. Alguns se reconhecem pelo nome, outros o perderam para

o papel que representam: "o Bêbado", tentando equilibrar, no meio-fio, passado e presente. "O Fonte", menino-homem, sem tempo de ser menino; sem tempo, talvez, de chegar a homem, encurralado que está. "Andrázio", carinha de anjo, sedutor, vai encontrando seu jeito de driblar as dores do passado, as dores do presente. "O Pai", esportista, e "Nirollez", o músico, tiveram seu tempo, mas carregam tamanha culpa pelas suas escolhas, que não enxergam outra, senão uma saída definitiva, embora precoce.

"Miranda" está à mercê de verdades arbitrárias construídas no discurso que o incriminam; já "a mulher de José", nosso personagem feminino, e "Divino", nosso cortador de cana, estão tomados pela ira. Ela beira o descontrole, mas é salva, pois agiria em defesa própria e não chegaria à heroína. Ele se descontrola defendendo a classe, façanha que lhe concede o título de herói.

Como não poderia deixar de fazer o bom contista, Celso Lopes, ao trazer à tona os dramas pessoais, refere nossa imersão na cultura, na ideologia, na História. Em três dos contos, por exemplo, temos a figura materna que, pela ausência ou fragilidade, de alguma forma interfere no destino dos filhos: em um, o menino sem mãe vai parar na Febem e é capaz de misturar na mesma mulher, a mãe, a santa e a prostituta; noutro, a mãe não se expõe a risco para libertar as mãos do filho da tirania do pai. Mãos que mais tarde o rapaz usará habilmente para sobreviver, sentir e dar prazer a todas as mulheres, desde que nenhuma permaneça. A condição de vítima da mãe aparece em um outro conto, fazendo exacerbar o ódio do Filho na relação edipiana com o Pai.

A morte, bem contextualizada, marca a (o)pressão social. Em universos distintos, personagens padecem da mesma dificuldade em manter seus postos de trabalho. No campo ou na cidade, o homem não escapa aos tempos modernos e acaba, literalmente, engolido pela máquina. *E sem o seu trabalho / O homem não tem honra / E sem a sua honra / Se morre / Se mata / Não dá pra ser feliz...*[2]

As imagens que passam pela cabeça de um garoto sob pressão, em uma rebelião na Febem, revelam aspectos da relação de poder dentro da instituição, inclusive entre os internos. Lá fora, a disputa por território continua quando o autor explora a raiva silenciosa que vai minando o afeto da mulher pelo marido fora-da-lei. A letra já não é a mesma: *Mulher de malandro, rapaz / Apanha num dia / E no outro...*[3] se vinga. E ainda sobre o poder, somos lembrados das ações do PCC, em maio de 2006, na cidade de São Paulo, destacando-se a possibilidade de algum desavisado, em algum lugar, estar servindo de bode expiatório ao poder constituído.

---

[2] Referência à música **"Um homem também chora"** (Guerreiro menino), de Gonzaguinha.

[3] Referência à música **"Mulher de malandro"**, de Celso Castro e Oswaldo Nunes.

Dois outros contos induzem à reflexão sobre a dificuldade de se conciliar papéis sociais. Nem sempre as conquistas e o sucesso na carreira são suficientes para satisfazer a si e/ou ao outro. Quer-se sempre mais ou diferente. Enquanto o reconhecimento popular pesa a dois personagens, um outro exagera a sua performance para se sentir alguém em meio ao turbilhão da cidade grande.

O autor não se esqueceu da nossa cultura religiosa, e alivia a carga dramática da sua narrativa com pitadas de humor e doses balanceadas de erotismo, deixando a leitura mais prazerosa.

Aproveite.

Angelina Garcia[4]

---

[4] Angelina Garcia, natural de Guará/SP, é formada em Letras, mestre em Artes pela Unicamp, estudiosa da Análise do Discurso e professora de Língua Portuguesa. Publicou textos sobre o "jogo dramático", a "construção de dramaticidade no cinema e publicidade" e a "relação livro/leitor", além de colaborações no site Vyaestelar (UOL), onde escreveu sobre o "relacionamento" a partir de cenas do cotidiano. Atua como revisora de textos, inclusive científicos, e acompanha alunos com dificuldades de leitura/escrita.

Índice

Conto 1 – Os bêbados não descem ao meio-fio impunes, **17**
Conto 2 – Fonte luminosa – nenhuma ideia, **25**
Conto 3 – Bandeira a meio-pau, **41**
Conto 4 – Honra ao mérito, **51**
Conto 5 – Pedra na contraluz, **61**
Conto 6 – Salve geral (Bibelô, eu te amo), **73**
Conto 7 – Rogai por nós!…, **89**
Conto 8 – A travessia, **101**

O Autor, **125**

Os bêbados não descem ao meio-fio impunes

– Caí!

A palavra vinha-lhe seca e sonora como uma queda. Um *ora pro nobis* repetido em penitências, a ladainha. O andarilho bêbado, em andrajos, corpo arqueado, cambaleava junto ao meio-fio como quem quisesse fazer a revelação pública de um pavor escondido – o homem segurou o tombo com o inevitável abraço abrupto no poste da rua!... Seus olhos esbugalharam-se silenciosos e amarrotados como um *mangá* humano, desenhado à revelia e em diagonal, com obscuras perspectivas e pontos-de-fuga. Uma realidade virtual e desconhecida, o labirinto do porvir estampado naquele rosto ébrio.

– Caí!

Estanquei-me sem qualquer razão aparente, o meu costume diário ali na Lanchonete do Ananias, um boteco de esquina, tal qual a esses a quem chamamos de *pé-pra-fora*. Posicionei-me junto à porta para algo inevitável, pressentido, bem ali, à minha frente: o bêbado repetia as sílabas insistentes, delirando nomes e datas e feitos e fatos que, aos poucos e a rigor, situavam-no num setor de serviços de uma empresa qualquer: *um operador de sistemas? Quem sabe um atendente? Um Chefe de Setor? Um Coordenador de Área? O próprio Diretor?* O que se via, entretanto, era o improvável desafio do homem bêbado em avançar até um grupo esquálido que, supostamente, o esperava na outra margem da rua. *Quem seriam, para ele, aqueles andarilhos urbanos, mendigos, ajuntados em meio à calçada da rua?* As mãos do bêbado, automáticas que foram, revistaram inutilmente os bolsos à procura de algo. Afundaram-se, ambas as mãos, em busca do avesso. *Seria um celular? Uma agenda eletrônica? Um caderno de anotações? Um laptop?* Como eu, ali presente, quem visse, entenderia logo: "era urgente e/ou urgentíssimo comunicar o atraso sobre a importante reunião da qual deveria participar". *Quem sabe, talvez, coordenar?* Os sons embolados – numa sintaxe irreconhecível – formavam um emaranhado de vozes e nomes e datas e tarefas e projetos como uma linha cruzada em línguas diversas: as palavras, todas, soavam irrealizáveis, soltas e desconexas, carentes de uma história que, no entanto, haveria de existir. Diante do pânico e temor de um passo em falso, os gestos do bêbado fixavam-se nas minhas retinas turvas e impacientes.

— Caí!

Agarrado ao poste, o andarilho bêbado experimentava o horror das alturas, vociferando um ódio mortal pelo desnível da rua. Estava escrito, ali, o prenúncio de uma queda no pequeno vão livre de poucos centímetros que lhe ensandecia a mente: o drama de um pacote solto por um guindaste, a despencar sob os olhos desesperados dos tripulantes e estivadores na imensidão de um cais. Como um arbusto que se alastra, criando contornos próprios, o bêbado estendeu os braços e os pés em forma de concha num sinuoso movimento de cai-não-cai: agulha e linha de uma fábula contemporânea, o bêbado e o poste!... O corpo torto costurando o invisível tecido urbano, entrecortado pelo trânsito feroz de um dia comum na cidade. A voz do bêbado vinha do fundo, penalizada, temerosa, como a suplicar uma volta atrás. Retornar, quem sabe, à empresa; voltar, talvez, à família. *Coordenar o antigo setor contábil? Estabelecer as metas para as equipes de vendas; Preparar o programa de visitas aos clientes?* Em seu silêncio, o bêbado não disse: *recuperar a mim mesmo!...* Eu, talvez... talvez eu tenha jurado com os dedos em cruz que o entendi capaz desse gesto.

— Caí!

O andarilho bêbado enfatizava o som intransitivo junto ao meio-fio. Corpo e voz sintonizados naquela epopeia urbana. Um rosário de lamentações, o delírio. O vocabulário bêbado reduzido ao único e inevitável verbo. Interjeições e complementos mantinham-se ausentes como num suicídio premeditado, sem pistas, sem cartas de explicação dentro de gavetas ou a serem descobertas em caixas no interior de um armário. O bêbado adiava, a olhos vistos, o seu inevitável tombo. Um passo-a-passo para o abandono do emprego e a demissão por justa causa. *Seria o Jorge, o do turno da noite? Não, aquele da logística do setor de trâmites com o Brasil-Central? Ele mesmo?*

– Caí!

Os bêbados não descem ao meio-fio impunes. O medo do estatelamento e o baque fatal são o preço do pedágio. A palavra exata e coesa traduzia-lhe a derrocada vertiginosa do topo de uma pirâmide. Gole após gole, o peso do corpo fragilizando-o diante das salas frias e burocráticas. O entra-e-sai durante a eternidade. O bêbado persistia naquela frase completa que se desfazia no arriscado vôo do universo plano. Corpo e alma simplificados na oração enfática, reiterada ilegível e insistentemente. Os bêbados não se arrastam às pedras sem a sonoridade. Decibéis inaudíveis, o grito agudo – a cara no chão!

No leito asfáltico, os veículos acentuavam o movimento da cena. O pânico do meio-fio surgia-lhe como uma inacabável ampulheta. O andarilho bêbado, ali, à minha frente, ao rés do chão, capaz de segredar-me data, hora e lugar que lhe valeram a queda e o abismo: odisseias intermináveis pelos corredores e salas ouvindo refrões que lhe soavam como punhaladas pelas costas: *entre, Senhor Fulano, estamos esperando, entre!*

– Caí!...

A derradeira palavra, a mesmíssima, soou-me agora abafada, como uma queda à distância. O bêbado ergueu-se com o esforço possível graças ao pé de apoio. E, resistente, com quem se lançasse às últimas forças, arranhou o poste como numa parede nua em que se abrem as frinchas. Soergueu-se, olhando-me incisivamente. Olhando a mim e o nada. A rua inteira e a ausência. Olhando a rua e o nada. A calçada e o nada. As pessoas e o vazio. Os veículos e o espaço inútil. Os passos em falso do bêbado, ambos, juntos, atiraram-no à rua, à frente, ao chão duro... O baque certeiro do ônibus encarregou-se do sucesso da empreitada. Os bêbados não descem ao meio-fio impunes. Em meio às vozes e burburinhos ouvia-se os sucessivos apelos para o número do *carro-resgate*, dito em tom de insistência e desespero junto ao telefone mais próximo. Ainda sob o som de sirenes cortantes, aproximei-me da cena com o desconforto possível. Réu e testemunha, abri espaço entre a aglomeração para o meu último olhar sobre o andarilho, que mantinha, ali, os olhos estáticos e diretos sobre mim; olhava-me como quem passasse às minhas retinas, agora, um enunciado completo, escrito a mão, com todas as letras, sílabas, frases e o significado completo da sua história. Entretanto, sou ali um cego, surdo e mudo reverenciando aquela tragédia anunciada sem me dar conta desse caminho.

Fonte luminosa – nenhuma ideia

"– Traz a Dona, vai, Fonte, anda!..."

O *Tuninho* nem me deu um tempo. Falou com fel na boca e jogou a *naifa* bem ali à minha frente. Considerei o episódio: dias atrás eu tinha visto ele folheando umas capas da *playboy* no banheiro do refeitório. Retraiu constrangido à descoberta. Mas me viu e fez que não me viu. Segurou a onda e me deu corda. Eu, eu costurei o meu bico que, por instantes, deu ares de cagueta. Mas, isso não sou. Não sou e nunca fui. *Tuninho*, 16 pra 17, mandava ali. Eu, *Fonte*, catorze e três meses, obedecia como qualquer *pivetezinho*, sem moral nenhuma, aqui dentro do Reformatório.

"– Tu vai e traz a Dona, vai, Fonte, anda!..."

Os outros, todos, me apoiavam fazendo a segurança. Minto. Jesuíno, não! Esse nunca levou fé na minha amizade com o *Chefe*. Um puxa-saco, o que eu era, dizia à boca-pequena. Eu era muito espertinho, não é? Pois minha hora chegaria, falava. Mas, enfim… lá estava eu, hoje, o escolhido. Seguia empinado, como uma autoridade que manda, com a faca na mão, balançando a cabeça e os ombros enquanto caminhava. O que eu procurava fazer era uma cópia fiel do *Tuninho*, o Chefe. Eles, os outros, me seguiam pelo longo corredor do presídio. Em sinal de respeito, mantinham distância de uns dois ou três passos atrás. Não decepcionei. Fiz mais. Fiz como nos filmes da tevê. *Tela Quente!* Chutei a porta semi-aberta com a força dos meus pés e entrei. Os camaradas estancaram de imediato, com olhos de curiosidade na sala do interrogatório. A *Deusa* ali. A *Lady* recuou três passos. Recuou e recostou-se na janela com uma bolsa de *griffe* nas mãos, ameaçando afugentar a gente com seus gestos bruscos. Leoa no cio, a Assistente. Antes que os olhos dos internos piscassem, abalando minha autoridade, apontei-lhe a "arma" como uma espada de guerreiro, um Samurai!… Risquei no espaço vazio, desenhei veloz o corte que eu lhe faria no rosto, e por fim, por fim, escrevi no ar que hoje ela estava sem a proteção dos *putos* dos Vigias e dos Guardas… e até do *Dá-Sem-Dó,* o manda-chuva *filho-da-puta* que azucrinava a nossa vida.

"*– Hoje nóis mandava!*". Viesse, então, viesse sem resistência, eu disse. *Tuninho* daria o destino. A *Messalina* engoliu seco, a contragosto, seus os passos seguiram arrastados, segurando o tempo – percebi. Enquanto durava o percurso para a crucificação, ouvimos aquela lenga-lenga repetitiva: "– *Posso ser Mãe de vocês, viu!... Mãe!"...* Só mais tarde fiquei sabendo que o nome do *Tuninho* dava náuseas na Assistente Social. Estava jurada pelo manda-chuva, ela sabia. Impedira a saída de dez internos no Dia das Mães, por mau comportamento. Por isso, viera resmungando, tentando aliviar a sua pele:

"– Fiquem calmos!... Tenho idade pra ser Mãe de vocês, viu, Mãe!"

Enquanto seguíamos para a crucificação, a *Nossa Senhora dos Aflitos* esbravejou e calou-se. Esbravejou de novo. A *Diva* à frente e eu, ali, ao lado dela, empunhando a *naifa*. Os camaradinhas da segurança tropeçando uns sobre os outros naquele corredor estreito do pavilhão. O ruído dos passos era quebrado apenas pelo arranhado das facas e estiletes nas grades de ferro. Uma, duas, três... trinta!... Um som infernal, estridente, que fazia daquele momento, o maior de todos pra esse *pivete* aqui. O maior da minha vida, até ali. Eu, Fonte Luminosa, eleito o "*segundo*" de *Tuninho*. Mas eu, cá pra mim, já era o "*primeiro*". Jesuíno, que fosse pra "porra", aquele *merdinha* invejoso!... Esperasse, esperasse que eu veria ele, um dia, com a boca cheia de formigas!... Por instantes, imaginei comigo que se a gente perdesse muito tempo aqui dentro, lá fora o *bote* já devia estar sendo preparado pelas tropas do *Dá-Sem-Dó*. Antes que eu batesse o ponto final da frase *Tuninho* se materializou na frente de todos. Sabia das coisas, o *Chefe*. Sorri, convencido, de me ver articulando um plano que também passava pela cabeça do Tuninho. Imediatamente, as mãos do Chefe buscaram o alvo nos botões de madrepérola que protegiam o decote da *Princesa*. Fez mais, o Tuninho. A *Rainha* que sentasse, ali, bem ali à nossa frente, onde todos pudessem saborear com gulodisse, a delícia de ver os "mamõezinhos" que pululavam, pontudos, *a ponto de bala*, querendo se livrar do sutiã branquinho e rendado.

— A gente sem mulher faz tempo... A Senhora vai quebrar o nosso galho!...

Tuninho falou sem qualquer perda de tempo, e em segundos, já gemia na frente daquela *Maria Imaculada sem Pecados*, que se esquivava do *boquete*, esquivava e voltava, esquivava e voltava, tentando, por vezes, se livrar da tarefa ingrata que Tuninho lhe impunha pelo castigo. A gente ali, os mais novos, só de butuca, achando graça e estranhamento naquilo. A *Fada* tinha obrigação de atender aos caprichos de *Tuninho*, senão... Eu me sentia sem habilidade, sem jeito até, de fazer o que o *Tuninho* fez: abaixar o calção até os pés e ficar ali, em pelo, nu como viera ao mundo, na frente da *Miss!*... Mas, pela ordem eu seria o próximo. Pensei cá comigo, se me adiantava muito ser o *heroizinho* que eu sonhara, se ali, bem na frente daquela *Donzela*, o que eu sentia mesmo era um calafrio que me nocauteava. Eu estava, ali, a poucos segundos do golpe fulminante, um homenzinho infame, um fracote, um frangote estatelado na lona, depois de um soco bem-dado nesse meu queixo de vidro. Que me salvassem, os outros. Eu ali, era um capacho, que se ela, a *Afroditezinha,* quisesse, pisaria em cima sem pena e sem piedade nenhuma. Na folga que lhe dera o Tuninho, ali jogado num canto, vivendo as delícias do gozo, a Diva repetia, insistente, falando baixo como quem segredasse pra si mesma, engolindo soluços e lágrimas:

"– Fiquem calmos... Acalmem-se!... Tenho idade para ser a Mãe de vocês!...

Temendo a lona e a contagem final, implorei que me livrassem dessa e, por sorte, quando dei por mim, vi que a minhas preces foram atendidas. Num instante, alguém gritou que havia muita demora na fuga. A eternidade fora posta à prova, imaginei. O *barril de pólvora*, agora, já estava aceso nas três alas do Reformatório. Então, disseram, então a ordem era que a gente acabasse logo com isso, pois se dessem pela falta da Assistente, por certo, o maldito *Dá-Sem--Dó* cairia à nossa frente com os trogloditas do seu pelotão de choque. Uns vinte e tantos, armados até os dentes. E aí, era morte. Sem justiça, sem piedade. E mais, o Praça e o Avenida, meus irmãozinhos de luta, já estavam a um tempão agitando o espelho no reflexo do sol, a *senha* da fuga. Por isso, o caminho estava aberto e não havia mais tempo a perder. Nenhum segundo que fosse. A correria era visível. A voz de comando vinha daqui e dali. O tempo se mostrou como nosso principal algoz. E eu, *euzinho*, o próximo da fila, bem ali, sozinho diante daquela *Madame*. Se a coragem me ajudasse, eu mandaria a *Porta-Bandeira* fazer bem caprichado, nos *trinques*, não a contragosto, como fizera com o *Tuninho*. No entanto, lentamente, vi que fui me acovardando. Esmorecendo como um derrotado. Definhando como um suicida sem forças... Por fim, por fim, abaixei os olhos contemplativos que insistiam em não se desviar da minha Santa. Minha Santa Mãezinha.

"– Vai embora, vai... tenho idade pra ser sua Mãe... sua Mãe, entendeu!..."

Como se antecipasse alguma coisa, aquela *Deusa* me fulminou com os olhos de *Santa Clara*, como se me desafiasse na cara dura. Eu, esse crente, piedoso, um *marianinho de igreja*, implorando perdão à Virgem Maria. Fosse outro o momento, eu não esperaria uma segunda ordem. Disparava pelo corredor afora, atrás dos últimos internos que seguiam em direção ao *túnel* da liberdade. O Praça e o Avenida, com certeza, já estavam bem adiantados, longe dos meus olhos, pelos caminhos tortuosos da Ala 2. Por mais que ela insistisse dizendo *"Vai embora, vai!..."*, eu me sentia prostrado, um imprestável. Fiquei ali contemplando a *Virgem Nossa Senhora dos Esperançados*. Mãe, foi a primeira coisa que me veio à cabeça. Dei nome de Mãe, porque me pareceu uma reza de que eu tanto precisava. Uma oração salvadora. Uma ponte que me indicasse e me levasse ao esplendor do céu. Uma palavra que tivesse a grandeza e a força de um socorro. Permaneci ali, bem diante de uma *Santa Luzia,* que chamei pelo nome de Mãe Misericordiosa.

"– **Vai, vai embora, vai!...**"

O estampido dos tiros já corria solto nos pavilhões, indicando que a "dinamite" havia mesmo começado a explodir. Pressenti que sobravam estilhaços pelos arredores do túnel. Nesse momento, alguém que passava *soprou* alto que o *Tuninho* havia "caído" com dois balaços na cabeça. O Dá-sem-Dó estava por perto, pensei... e sei que pensei correto. Por instantes, ainda que eu não quisesse, alguma coisa em mim se transformava. Com a morte anunciada de *Tuninho*, algo em mim acenava com um caminho livre, novo, aberto. Agora, sorri por dentro, agora eu seria o "primeiro". Agora, orgulhei-me do pensamento, agora eu mandaria nesse fim de mundo chamado "*Inferno*". Agora, fechei a cara e arranquei forças das minhas entranhas, agora eu faria meus ajustes de contas. Todos!... Gritei por **Mãe** de todas as coisas, de tudo que existe por aí desde que o mundo é mundo. Novamente minhas preces foram atendidas. Ou quase. Bem ali à minha frente, uma *ovelha desgarrada* da Ala 1, o *Purgatório*, como a gente dizia, gritava aos quatros ventos que o *túnel da liberdade* viera abaixo, arrebentando suportes e as estacas, demoradamente construído, ao longo de meses. Soterrados, todos!... Nenhuma alma que fosse, boa ou má, havia sobrado pra contar aquela história subterrânea. Por instantes, ainda que sem saber ao certo, em meu silêncio, orei por ambos: o Praça e o Avenida, meus irmãozinhos de fuga, sufocados pra sempre naquele maldito buraco. A *Divindade*, à minha frente, mantinha os olhos em mim, parecendo entender que era necessário um silêncio de paz, solidário, profundo, e de respeito por aquele momento... sei lá, sei lá!... Quanto a mim, um suor de febre me conduzia ao tremor, desarticulando o meu cérebro. Uma luta infernal, todas as minhas tentativas para compreender aquele instante, aquele desastre que, por ironia, me livrara da morte estúpida e sufocante.

    A indesejável tragédia me passou um pito e deixou recados: eu ali, livre de ser enterrado vivo, sentindo meu sangue e minhas veias alinhavando os meus nervos à flor da pele. Puro desespero. Assim desalojado na voz e nos gestos, percebi meus ouvidos crescerem poderosos. Decibéis inaudíveis, transformados em ruídos ofegantes. As orelhas de um cão, decifrando os sons subterrâneos que me chegavam em forma de sirenes e tiros. Sim, era isso: depois da fuga, encontraríamos um *mocó, um esconderijo* que nos desse ares e endereço sob o Viaduto. Ali, o Praça seria o todo-poderoso. Jogaria por terra aquela aparência franzina de um moleque de 13 anos. Faríamos dele um *pivete voador* capaz de ludibriar mundos e fundos para encobrir nossos golpes lá no terrenão da Sé. E o Avenida?... agora o *mano, meu maninho,* teria onde deixar o seu esqueleto e pele descansando nas noites frias. Era preciso ganhar peso e tutano. Comer, era disso que ele precisava. Até então, a comida vinha--lhe passando longe. Apenas um garoto *mastigador* de esmaltes, colas e benzinas... Um *barriga-de-pedra* sem o ronco da fome. "**– Aprendi a não comer, cara!**" – segredou-me algumas vezes.

Sim, é isso: os baixos daquele viaduto do Parque D. Pedro seria a nossa casa. A nossa moradia submersa na imensidão de concreto, o esconderijo perfeito. Eu, Fonte, bem que sabia do meu pavor das fugas. Na *hora agá* chegava em mim um arrepio de medo das sirenes, que sempre me feriram os tímpanos, provocando a respiração presa e sufocante. Por isso mesmo, desde que me conheço, fiz daqueles mergulhos no lago da Sé, o meu desaparecimento do mundo. Submerso naquelas águas, sentia-me desbravando as profundezas de um mar imenso, sentia-me protegido de corpo e alma, enquanto me livrava pra sempre dos ruídos lá de fora. "**– Puxa, FONTE, cinco** *minutos debaixo da água?!"* Assim que eu retornava à superfície, já ouvia os gritos vibrantes do Praça, cronometrando, aleatoriamente, o meu novo recorde. Eu emergia com o sorriso escancarado da vitória. Um gesto sem palavras e sem resposta nesse desafio diário sob as águas do lago da Sé. Era preciso e urgente mudar as fugas e os planos, eu dizia. Encontraríamos um barraco perfeito no coração da cidade. Um labirinto indecifrável que só essa arraia-miúda pode encontrar nesse tortuoso aglomerado urbano. Se a gente saísse daquela prisão – livre, livre, livre – o viaduto seria nossa futura casa. Mas o ronco estrondoso do túnel, cavado às escuras, sob o silêncio conivente de alguns guardas, soterrou nossos planos como as águas engolidoras de uma represa, que estoura atropelando qualquer chance de futuro. A Assistente arriscou mais um passo em direção à janela. Ergui meu corpo, estiquei-me como um gigante e detive a *Maria Bonita* com um gesto de assassino contumaz. Nesse meu silêncio, era como se eu dissesse àquela *Vênus Platinada*: água da fonte o que sou e sinto. Submerso, subaquático. Um sujeito sem o nome e as referências no entremeio da multidão: apenas o Fonte, o Praça e o Avenida. No coração dessa cidade, a palavra Mãe era uma lembrança que nunca tive de ninguém. Nem de Mãe nem de qualquer outro parente próximo. O Praça e o Avenida significavam tudo o que eu tinha, penso! O que sei de mim, são eles. Unha e carne, o que somos, reduzidos a frases e códigos no meio dessa turma do Reformatório. Um vocabulário apreendido na simbiose dos furtos e roubos nas ruas da cidade, onde reservo impropérios e desacatos a mim mesmo: miseráveis, escrotos, estabanados, crápulas, imundos... O que sou eu, senão um *zumbi* correndo em círculo em busca do sustento da vida, aqui nesse caos de terra? Esse sou eu, Fonte Luminosa, agora, sozinho diante dessa montanha de entulho sobre minhas costas.

Contornei o *Anjo Azul* e depositei, calmamente, a faca sobre o tampo da mesa. A *Chica da Silva* mantinha-se ali, estática, a dois passos e meio de mim, preservando o seu silêncio profundo. Em minha cabeça, agora, fui construindo o cenário: eu me faria até de capacho pro *puto* do *Dá-Sem-Dó*. Um serviçal que fosse, eu viraria. Até mulher, se preciso, se ele, Dá-Sem-Dó, quisesse. Eu iria até ao fundo do poço, nesse disfarce fatal. Camaleão, uma vida inteira, se necessário. Eu, ali, nessa infâmia levada às últimas consequências. *"– Termine a sua tarefa"* Retomei as palavras que, um dia, ouvi do *Chefe Tuninho,* e acrescentei, orgulhoso, como se lhe dissesse, ali, ao vivo, cara-a-cara: *"Você, Tuninho, você merece esse ajuste de contas!"*. Minha vingança seria, portanto, o prato frio que eu reservaria pro *Dá-Sem-Dó* e sua tropa. Tivesse tempo, teria pedido àquela *Rosa de Luxemburgo* que me perdoasse. Mas antes que eu contasse até três na velocidade do som, a porta da saleta tombou ruidosa e escancarada pelos chutes certeiros dos mastodontes. Entretanto, Dá-Sem-dó não encontrou ali quem ele imaginava. Pressenti, logo, que ele segurava suas forças com o cuidado que a situação exigia. Mediu-me dos pés à cabeça prevendo a *poeira suja* pela frente. Mantive-me ao lado da mesa, tendo a faca e a *Assistente* sob minha mira e, caso necessário, ao alcance dos meus gestos. Dá-Sem-Dó não engoliu aquela cena. Desconfiado, fez-se de estátua-viva; um estrategista com olhos de lince, ariscos, atentos ao menor sinal de rebeldia à sua frente. Sinalizou aos outros que, com movimentos lentos, *pé-ante-pé,* abrissem um semi-círculo ao redor. A faca, a *naifa* reluzia seu aço diante dos meus olhos, parecendo me dizer, em sussurros, que estava ali à minha espera, à espreita, aguardando ansiosamente pelas minhas ordens, para cumprir o seu destino fatal. Ou seja, perfurar bem fundo a jugular daquela minha santa *Madre Teresa de Calcutá.*

Dá-Sem-Dó hesitava diante de mim. Continuava, ali, em silêncio profundo e estratégico, enquanto seus olhos percorriam a sala, continuadamente, procurando por algo. Uma peça qualquer daquele quebra-cabeça, uma pista que fosse, um detalhe sutil que o levasse a entender a logística daquele meu plano maldito. Era quase impossível que alguém se oferecesse assim de mão beijada. Gratuito. Despretensioso. Da minha parte, eu sabia que não poderia perder aquela chance de vingança. Por isso, era preciso que eu saísse dali com alguns pontos ganhos. Quanto mais, melhor. E melhor agora, quando vi o *merdinha* do Jesuíno, aquele que me dera folga com sua inveja, bem ali, sondando pela porta entreaberta, o cenário do duelo. Ele, o *puto* do Jesuíno, que sempre me desacreditou, agora, ali estava, bem diante do meu nariz, avaliando, conferindo tudo, engolindo seco a minha presença de Chefe bem na frente do todo-poderoso Dá-Sem-Dó. Pudesse ver, Tuninho sorriria contente e recompensado. Como eu já disse, tracei o meu plano: o gesto final teria que ser meu. Tuninho, onde estivesse, saberia que eu lhe segui as pegadas: *eu, o Fonte, Fonte Luminosa!* Como eu disse, levaria a minha infâmia às raias da loucura, ao fim do mundo, se preciso. E assim, fui desenhando na minha face os contornos de um sorriso vitorioso, um sorriso que aprendi a deixar solto com meu retorno à superfície nas águas do lago da Sé. Dá-Sem-Dó e seus paus-mandados mantinham-se sob as ordens de *Atenção, Tropa, Preparar!*... A Assistente, a *Irmã Dulce*, a Santa, a Santinha, a minha *Santa Mãezinha* tremeu ao compreender que eu não adiaria o meu pacto secreto. O meu golpe, quase invisível, estava armado: bastava que eu simulasse o gesto de me apossar da faca, não haveria mais chance, o tiroteio seria inevitável. Sobraria chumbo grosso das *AR 15* sobre o meu corpo tanto quanto para aquela *Anita Garibaldi* ali ao meu lado. Dá-Sem-Dó prendeu a respiração e esquivou-se pressentindo a tragédia completa. Melhor não arriscar a encrenca. A poeira sujaria demais suas ambições ali no Reformatório. Quebrando o silêncio, o que se ouviu a partir daquele momento foi um grito. Um grito inconfundível de Mãe. Um grito de *Santa Edwiges* protegendo os pobres, endividados e desvalidos. Um grito de mulher que, instintivamente, protege a sua cria de nove meses. Um grito de Maria, mãe de Jesus, que se doa de corpo e alma a seu rebento. A *Santa Imaculada*, ela mesma, a Santinha, a *Santa Bárbara*, bem ali, à minha frente. Os braços, os braços abertos, como um sinal da cruz, a intimidar aqueles infames Fariseus.

— Afastem!... Deixem ele, é só um menino... Deixem que eu mesma cuido dele!...

Cristãos todos, *Dá-Sem-Dó* recuou a tropa. Deus ordens que abaixassem as armas. Sinalizou que a *Santa Clara* me amparasse sem receio. E ela, com a delicadeza de uma Mãe abraçou-me por inteiro. A Assistente colava seu corpo em mim, calorosa, me apontando o caminho seguro. Já não havia perigo, me disse. Eu estava protegido, palavra de santa e revolucionária, pareceu insinuar. Como uma *Teresa D'ávila*, aquela *Joana D'Arc* escancarou sua coragem, dando ênfase à frase e fazendo o seu recado chegar ao endereço certo. Assim que a ouviu, *Dá-Sem-Dó* acenou, reiteradamente, aos outros, ensaiando uma certa reverência diante dessa *Nossa Senhora dos Desesperados*. Um soluço de choro chegava ao meu encontro. E trazia com ele, as lágrimas que, pela primeira vez inundavam o meu rosto. Como uma *Santa Bárbara*, senhora dos raios e tempestades, aquela mulher, a Assistente, vencia o corredor humano formado pela tropa, conduzindo-me amparado ao seu corpo aconchegante. Deixei-me ir ao abandono daquele carinho, sentindo aqui bem dentro de mim, uma espécie de liberdade que eu, sem saber, sempre ansiara. Eu seguia ao seu lado com a convicção de que, um dia, um dia qualquer eu iria terminar a minha tarefa – *prosseguir com o reinado de Tuninho no Reformatório!* E quem sabe, por isso mesmo, mantive em meu rosto, corredor adentro, aquele mesmo sorriso que, tantas vezes, me levara ao pódio nas águas do Lago da Sé. E enquanto eu caminhava, soberbo, altivo como nunca estive, diante dos meus olhos desfilavam os velhos conhecidos que, como eu, graças à sorte, sobreviveram ao soterramento daquele dia marcado para a fuga: *Zépeneu, Jacaré, Taradim, Guaiamum, SeteVidas, Curiozinho, Zoreia, Ceará-de-baixo, Turquim, Fuque-Fuque, Buscavida...* todos eles, ali, à minha passagem lenta, escancaradamente em sorrisos, cada um a seu modo, iam me acenando saudações, um jeito de dizer *boas-vindas* pra quem chega um dia ao comando do *"Inferno"*.

Bandeira a meio-pau

*D*escaidinho na segunda. Um pé de alface sofrendo a dor da geada. É isso que não dorme, jura com os dedos em cruz. Quem consegue? Amanhã mesmo amarrar uma borracha nessa maldita torneira, isso sim! Os pingos da água tocando o lenga-lenga demorado. *Ploct... Ploct... Ploct...* uma tortura chinesa facilitada pelo fundo de metal da cuba – *Um dia comprar uma mais rasa na Casa da Boia. Resolve?*

Enquanto enxuga o rosto, Andrázio olha a rua pela nesga entreaberta do vitrô. A polvorosa Rio Branco fervilha sob seus olhos. *A cidade a mil a essa hora, êta!* – reage o matuto. *A lanchonete do Candinho hoje não abre, merda!*... Bem que podia ser domingo, mas o dono, Candinho, uma besta que só! Encalacrado, o bugio, sempre dizendo que no domingo é que pega o movimento do Baile da Saudade com o bando de coroas. Nem tanto o que comem, a bebida é que sai. *Run Merino!* O que sobra mesmo pra esse pobrezinho que sou é a segunda-feira. *Tenho que me virar na segunda, diacho de vida!* – resmunga o sofredor. *Especialista, eu?...* Então me diga, diga, qual é o segredo do *cuba-libre*, diga, vai? Ora, senão... coca-cola, rodelinhas de limão, rum e o gelo quebrado... que ciência tem?...

– Você é que tem jeito prá coisa, Andrázio. É a mão... então, comida não é assim?... E mulher não é assim, fala?

Tiro certeiro, essa conversa. Quase sempre o heroizinho é elogiado pelas *damas da noite*. Palavras carregadas de desejo explícito das coroas empetecadas:

"– Garçom desses que preciso lá em casa, empresta, Candinho?"... "O menino vai longe... também, com essa cara de anjo!"

Tantinho encabulado, o Andrázio. O herói respira fundo uma espécie de asco silencioso. Um olhar científico nas velhotas e Andrázio vai delineando o *rouge* sobre o volume de rugas das bocas duplicadas pelo contorno mal-feito dos lábios desenhados pelo *batom-carmim*. Uns cacos de vida aflorando os nervos de Andrázio à flor da pele:

"– Me servem de mãe, mãe é pouco... avó!" – suspira, o galanteador.

Um quarto e sala, o *matadouro* da Rio Branco. O sofazinho de canto, a armadilha. O assento largo sem o apoio dos braços, onde as *zinhas* se estiram liberando sainhas curtas e generosas. Veneno de cobra criada que o endoidece. A mão boba que tem, correndo os dedinhos joelho acima. O vaivém alisando as coxas torneadas das *zinhas*. Deixando meio-a-meio, Andrázio prossegue para todo e sempre. O sofazinho da sala sem o apoio dos braços facilitando o entreaberto dos botõezinhos de madrepérola. Andrázio acalenta as mãozinhas ágeis e concorda: uma habilidade que tem, desenvolvida de tanto lavar os copos, taças e talheres na lanchonete do Candinho. Os vidros, um cristal puro que, se quebra, o dono – Candinho – desconta do ordenado no fim do mês. Mas explica-se: o tato aguçado pode ser comprovado sem o claro da luz. É nessas horas que se conhece o talento, sorri o heroizinho. As mãozinhas ágeis escrevendo o roteiro sobre o sofazinho da sala: almas gêmeas que se desprendem soltos, botão e casa, desnudando o corpinho das *zinhas*. *O doce do mel sugado em beijos!* – afirma o convencido.

A cara de anjo, anjinho dos catecismos, refletida no espelho. Andrázio ajeita os cachos pelo entrededo da mão no espelhinho cor-de-abóbora. Um presentinho da mãe que vive jogado sobre a cômoda. O Pai que o esqueça – resmunga o heroizinho. Defunto que descansa, o velho. Proibir a viola, pensava o quê?... Então, não podia ser músico como tantos que existem por aí? O velho nunca teve paciência com os violeiros. – *Uns vadios!* – dizia. Andrázio tenta, pela décima vez, livrar-se de tudo isso: *"melhor esquecer a tragédia carregada de rancor"* ...mas consegue?

No final da vida – recorda – o Pai deu de fazer pose de bonzinho. Andrázio espezinha o maldito: carinha de santo e uma corrida contra o tempo. Aqui e acolá. De norte a sul. Reza e benzedeira pra curar o malfeito que me fez. Ninguém que livrasse Andrázio da dor que tinha. Uma sina que carrega ainda hoje nessa gagueira estúpida e incurável que surge sem marcar data, hora e lugar. *Deus me livre e guarde, que não quero pensar mais nessas coisas!* – desconversa o herói. Não resiste. – a infância passou assim-assim cortando um riscado. O diabo na cruz, olhando a surda-muda da viola dependurada na parede da sala. As mãos ainda hoje sentem a dor da gaze. Dez anos enfaixadas, a sina que teve. Quem repara bem, ainda vê que traz os dedos assim juntinhos. Irmãos siameses. Foi a gaze enrolada, relembra. Dez anos com os dedos grudados, amarrados juntos, que era pra não tomar o gosto pela sonoridade do instrumento. A viola que ficasse escondida – dizia o pai. A mãe tinha que cumprir, senão...

Enquanto se penteia, Andrázio pressente que as mãos não morreram assim tristinhas. Antes, suicidaram. Como um sujeito que toma um BHC venenoso pelo mal de amor. O cara segue pra igreja em busca de um pai-nosso, ave-maria... mas cai antes. Toma o leite puro, mas não adianta. Foi o por dentro que apodreceu. O pobrezinho apaixonado busca lá um perdão de culpa nessa vida, porém não há tempo nem remédio. Um dia, quem sabe, recebe essa dádiva no outro mundo. Na certa, bem que poderia ter essa bênção dos céus – suplica o herói.

Andrázio sabe de cor e salteado que quando fala, come as palavras, uma a uma, as sílabas todas, consequência do malfeito. Pontos e vírgulas que não aprendeu esquecer e que foram engolidos pra sempre sem dó e piedade. Um dia ser escritor – afirma convicto – sempre que diz isso mantém os olhos fixos na caderneta sobre a cômoda. O herói faz o *mea culpa*: sabe que nunca abriu esse presentinho da mãe, mas um dia quer escrever folha por folha e colocar tudo em pratos limpos – reclama tristonho. A crueldade vem aflorando cada vez mais: Andrázio quer *tirar a roupa* daquele inferno de homem capaz de uma coisa dessas. Desvendar o veneno que matou lentamente o pequeno artista-violeiro. Enquanto isso, resta, agora, o consolo dos copos, taças, talheres... e as *zinhas* do edifício Grandes Galerias na Avenida São João.

O herói abaixa-se sob a cama. Joga-se de quatro à procura do *pisante* de salto mais alto. A estatura que precisa. Cinco centímetros de sola. Sapato comprado pelo reembolso. Se o sujeito não cresce, devolvem o dinheiro. Cansa um tantinho, mas isso não falam. É a alma do negócio. *Ora, bolas, mãe!* – reage o convencido – *é só não andar muito e pronto. Reclamo de barriga cheia não, mãe! Sei cuidar desse pobrezinho de mim* – sorri desculpado, o galãzinho.

Uma cara de anjo que não se livra. Repare você mesmo, insiste. Esses cachos anelados são os cabelos loiros dos anjinhos. Anjinhos de catecismos, aqueles! *Diga, tenho ou não tenho essa cara de anjo?...* Pois essa é a minha sina cravada e esculpida neste rosto. O destino escrito em linha reta desde que nascera, relembra Andrázio. Ainda no berço, contaram-lhe anos depois, que a casa se enchia de visitas para ver o *anjinho* prometido. Seria um padre, juravam alguns. Um santo, sem tirar nem por, afirmavam outros. O diabo em pessoa esse que sou hoje – grita o lúcifer aos quatro ventos. A piedade em vida formando o menino que arrastava o homenzinho para som da viola, abafado para sempre. *Ai de mim com essa cara de anjo bom* – concluiu o sofredor.

Uns malditos rabos-de-saia sempre me atiçando a família. A sagrada família, a ferro e fogo. Esse, o ar de coroinha que tenho. Um plantonista de missa das sete. Diga, sou ou não sou? Minha culpa, minha culpa, minha máxima culpa, todo rabo-de-saia quer um santo em família, eu quero a salvação, um mar vermelho que livre da sina cruel – reage o Moisés. O diacho da vida é que só agora descobriu o *Paco Rabane* – suspira o herói. Isso, graças à moda chique que entra na conversa das coroas. *Arre que me servem de guia* – raciocina o fofoqueiro – Um cego o que sou pras coisas da modernidade. Resistir quem há de? Difícil encontrar o vidro do perfume aqui nas espeluncas da Rio Branco. A moça da AVON é quem me trouxe o socorro – esclarece o herói – os olhos da cara no preço – prossegue. "– *A vendedora me arrancando o couro e dizendo que facilitava em duas vezes, a turca!...*"

    O galãzinho experimenta um pinguinho na ponta dos dedos. Controla-se: um tanto pro santo, quer dizer – pro suvaco e outro pro diabo – o pé do ouvido. Pronto! O herói pensou melhor e liberou um tequinho, também, para o encaracolado dos cachos. As madeixas de um anjo, o narciso. Andrázio apanha o espelhinho cor de abóbora sobre a cômoda e confirma: A cara de Anjo, Anjinho dos catecismos cheirando a Paco Rabane. Os dedos em cruz pra chamar a boa sorte – sorri o galãzinho. Batidinhas na madeira pra garantir o primeiro prêmio com as *zinhas* das Grandes Galerias no Largo Paissandu.

    Um dia ser escritor – Lembra o herói. Andrázio arrisca um último olhar pra caderneta nunca aberta sobre a cômoda – a mania que tem – um dia terminar o Supletivo e fazer um soneto, uma declaração – *uma história que grite o desatino dessa vida sem o aprendizado da viola* – choraminga o eterno rancoroso. Um quarto e sala, o matadouro. *Dei bandeira, hein?* – esbraveja o herói. Diga, me diga!... Sei que me abro assim contigo nessas revelações. Pois acredite, é uma consideração que sempre lhe tive, meu amigo. Um tantinho e na medida, não é?... *Mas, me diga, dei bandeira, hein?* O sofazinho sem o apoio dos braços. Eu ali me livrando dos botõezinhos de madrepérola, um a um!... *Doze, onze, nove, oito, sete, seis*... A bluzinha leve, solta, livre, desvendando a pele sedosa da danadinha. *Um padre nosso que me salve nessa hora* – grita o galãzinho.

Creio em Deus Pai todo poderoso... Ele, o criador, eu, Criatura, por minha culpa, minha culpa, minha máxima culpa, eu aqui estirado, um pobrezinho que faz dó, no sofazinho sem o apoio dos braços. Ai, quem me dera eu resistisse aos ataques das sainhas curtas, generosas e folgadas – insiste o coitadinho. E garante – meus sapatos testemunham os meus atos, cúmplices, castos, ali jogados sem o senso e o juízo aos quatro cantos da salinha. *Dei bandeira, hein?... Diga, me diga?* E resistir quem há de, numa hora dessas?... Pois, eu, sim. O cretino que sou, um réu e testemunha. Ai que me mato ainda hoje. Esse é o melhor remédio que tomo. *O fim de frase, o antibiótico mortal* – diz aflito. Já que me livro dessa minha cara de Anjo pra sempre. No encaracolado dos cabelos, os cachos anelados de um anjinho, Anjinho dos catecismos, lembra?

A danadinha me arrastando pra família em cada encontro — *Vem Andrázio, vem comigo conhecer minha mãezinha, vem!* Eu, um coitadinho que só, vou carregadinho que faz pena. Ai que me mato e me liberto. Um anjinho da guarda bem mortinho dentro de mim. Verinha estirada nua, nuazinha... Eu ali, pateta, uma besta amuada. Recostado, tortinho, sem levantar bandeira. Um corcunda carregando pedra nas costas. Um capenga de um lado só, enfronhado em soluços e lágrimas que não deixo ver nessas minhas palavras. *Diga, diga, dei bandeira, hein?* Entre aflito e indeciso, estancou-se o herói. Era preciso encarar a segunda-feira. Hoje, era o dia de folga da lanchonete do Candinho, hoje era um sinal de festa no edifício Grandes Galerias. O herói sorri galanteador. Uma pausa breve no corredor imenso do quarto e sala da Rio Branco, edifício Século Vinte — 15 andares. Os pingos da maldita torneira traziam sempre essa lembrança à tona. Abrir a porta, entrar novamente, voltar ao matadouro e jogar a água bem fria no rosto. Alivia — reconhece o herói. Depois... depois pegar o rumo das *Grandes Galerias*, taradinho, taradinho...

Honra ao mérito

> *"Parece-me que atravesso uma solidão sem fim para ir não sei aonde; sou, ao mesmo tempo, o deserto, o viajante e o camelo"*
>
> *(Gustav Flaubert)*

O que o Pai fez foi matar dois coelhos de uma só vez: o seu filho e a sua mulher, agora, teriam de amargar culpa uma vida inteira; carregar aquela ferida exposta, eternamente, a chaga-viva sem os sinais da cicatriz. Era raro eu sair com o Pai. Desde cedo eu não tinha vocação pra nada que não fosse a música. Reconheço que o violão foi um presente dele pra tentar me seduzir. No entanto, não consegui sorrir em retorno e fui crescendo sem qualquer motivação, sem lhe dar a companhia que queria nas competições esportivas. Em casa quando a situação ficava tensa era fácil de se ver: a Mãe se recolhia no sofá, folheando as páginas de um livro do Machado de Assis. O Pai, ali na sala, silencioso. E eu atiçando, provocando. A Mãe tremia, era visível, mas sempre resistia em *tocar fogo* no ambiente quando se tratava do Pai. Para a *"Dona Nancy"*, aquelas ausências acumuladas do Pai, que antes lhe soavam amenas, agora explodiam e apunhalavam. E, por certo, doíam-lhe como nunca!... Em casa quando a situação ficava tensa, eu, sem saber muito bem o porquê, disparava as minhas farpas contra o Pai. Na minha língua, o fel puro, o desprezo. Nascia em mim uma crueldade mesquinha que me levava a provocar o Pai, a ironizar, a trucidar, se preciso. Tantas vezes, tanto fiz. E tanto fiz, tanto fiz que naquele dia a Mãe também deixava aflorar a sua raiva contra ele. Aliou-se a mim disparando estilhaços, os seus golpes mais profundos. Palavras duras e cruéis as de uma esposa para o seu homem. A Mãe esbravejava, parecendo tirar das páginas do livro aberto em suas mãos, todos os seus ais e as suas dores. Eu sorria por dentro. Eu gritava, continuadamente, que o que ele queria mesmo, o que o Pai queria mesmo, era fugir da gente, livrar-se da sua mulher e do seu filho! Instigada por essa infâmia, a Mãe pegou o jeito, soprou forte, avivou as brasas e depois entornou de vez a água fervente: "... *Comigo?... comigo apenas alguns minutos, sempre sem carinho e sem tempo, só cobranças!... Mandou lavar o meu uniforme? Viu minha chuteira?... Cadê meu tênis?... Eu?... Eu que me lixasse nesse abandono, nessa sala que mais parece um mausoléu... À noite, muitas noites, quando eu mais te queria, me via ali, sozinha. Eu no meu quarto, o Júnior no dele. Sozinhos, os dois. Sem homem, sem pai, sem palavra de amigo. Sempre sozinha, eu. E você?... Você lá no bem-bom, comemorando vitórias... E você?... Você ali, na cama, dormindo, roncando de cansaço. Pior, um homem sem vida pra mim!... Sem os desafios que eu queria!... E eu, a boba, a boboca, a vida inteira na plateia, impotente, me remoendo, assistindo a essa sua epopeia olímpica maldita. Maldito, você!...".*

Naquela tarde, enquanto a Mãe espezinhava o seu homem, o Pai extravasava sua raiva, fazendo desabar sob nossos pés ali na sala, todos os seus troféus esportivos, as suas medalhas, as suas fotos emolduradas, os seus diplomas, os certificados... Eu, sem lhe dar tempo algum, fulminava-o com minhas setas venenosas. Palavras cruéis, as de um filho para um Pai; dardos pontiagudos que o feriam sem dó, como se partissem de um atirador de facas que mirasse os seus punhais no coração da vítima. Eu repetia até que me faltasse o fôlego, como numa competição em busca de recordes:

"**– Medalhas, troféus, diplomas. Enquanto você vivia nessas malditas competições, eu ficava aqui, sozinho, sem pai, sem amigo, sem ninguém!."**

Em meio à *guerra* que lhe fazíamos, aquilo que durante anos fora para ele os *"louros da vitória"*, agora, acomodava-se de qualquer jeito em duas caixas grandes de papelão. O Pai, sem dizer uma palavra, livrava para sempre as nossas paredes do apartamento, as prateleiras de vidro e as duas estantes da sala, de tudo aquilo que o mundo esportivo lhe dera; e odiando a Mãe e a mim, descia, furiosamente, as escadarias do prédio pra depositar todas as suas conquistas no suporte da lixeira, junto à calçada da rua.

Foram raras as oportunidades em que vimos o Pai em suas competições; quem o conhecia, no entanto, quem conhecia aquele esportista polivalente, de excelente compleição física, determinado e talentoso, nascido no mesmo dia, mês e ano da *lenda-viva* do atletismo mundial, *Edwin Moses*, garantia que dele, o Pai absorvera a velocidade, a força muscular e a capacidade invejável de treinar e treinar e treinar...

Hoje, ali junto ao parapeito da janela do sétimo andar, o olhar do Pai nos evitava, mas mantinha sob vigília todos os seus *troféus* amontoados lá embaixo, lá na lixeira, dentro das caixas de papelão. Olhar não é bem o termo, eu jurava que naquele momento, o Pai tinha uma visão de águia, capaz de contemplar, minuciosamente, cada um daqueles objetos. Abrisse a boca pra dizer, o Pai diria exaustivo que lá estava a sua medalha de "Natação", conquistada na raia olímpica do Tênis Clube, quando fora batido apenas pelo tri-campeão Ruizinho Leme!... Abrisse a boca pra falar, o Pai diria que a medalha, cromeada em ouro 18, estava lá embaixo, jogada, disponível, descartada numa lixeira de rua. Depois, depois ainda diria que estava lá também a medalha do "Futebol", uma lembrança de quando emplacara três a zero nos *Pequeninos do Jóquei*, e com isso, fora o campeão e artilheiro daquele ano!... A Mãe, dissimulada o tanto exato, seguia a tudo com os seus olhos pregados no livro. Talvez como uma personagem daquelas histórias, sofresse por dentro, remoendo-se em lamentos pelo que dissera ao Pai. Era nítido e visível que a Mãe estava há poucos instantes de se redimir!...

O Pai, por certo, também vira entre as suas "honrarias" lá embaixo, o *troféu Hélio Rubens*, homenagem a uma referência do basquete brasileiro, que ele conquistara na partida final contra o *"dream team"* do Colorado A. C.; o Pai não cansava de nos dizer que virara o jogo com duas *cestas-de-três*, o que lhe valera o reconhecimento de toda a arquibancada, inclusive dos adversários!... O troféu, agora, também estava lá na lixeira, tal qual o de "Handebol", que ganhara numa partida memorável, segundo ele, contra o Paineirão F. C., quando enfiara quinze arremessos indefensáveis para o goleiro Gilmar Moreno!...

Vez ou outra, os olhos aquilinos do Pai voltavam-se para o interior da sala rastreando o vazio das paredes, a limpidez das estantes e a profundidade das prateleiras. Por vezes, o Pai mirava seus olhos reticentes endereçados a mim e à Mãe, mas em poucos instantes deixava-nos ao abandono, negligenciava-nos, demonstrando que na lixeira da rua continuava a razão da sua vida... Apoiado no beiral de uma das janelas da sala, pude ver quando os ruídos lá da rua estamparam-lhe um sorriso no rosto. O menino, visto do alto, não tinha mais de 12 anos. Primeiro o garoto olhou para os lados, depois subiu os olhos como quem tivesse algo a conferir naquele grande edifício a sua frente. O Pai, ali na janela principal, esquivou-se para a cortina, temeroso de algum confronto; pelo visto, queria apenas que alguém ficasse com tudo aquilo, de maneira a gostar, a amar, acarinhar... E lá estava o menino, ora puxando das caixas um troféu, ora uma fotografia, ora uma medalha... Chegou até mesmo a apanhar o porta-retrato do *Edwin Moses*... Abandonou-o rápido, por certo, desconhecia o famoso atleta mundial dos 400 metros com barreiras!... O menino, agora, retirava da caixa um quadro emoldurado. O Pai com a voz embargada, com os olhos marejados ali na sala, como se ignorasse a nossa presença ou nunca a tivesse percebido, soletrava baixinho, de cor e emocionado, acompanhando os lábios do garoto:

"...CONFERIMOS O CERTIFICADO DE 'HONRA AO MÉRITO' A JAIRO SANTOS SILVA, MELHOR ATLETA NA CORRIDA DE 100 METROS COM BARREIRAS..."

O olhar do garoto voltou-se, outra vez, para o alto. Prudente, vi quando o Pai recolheu-se, novamente, para longe do beiral. Mas, fora mesmo a medalha, aquela cromeada em *ouro 18*, a de Natação, que roubara o interesse do menino. Num relance, como quem subisse a um *pódio imaginário*, vestiu-a sobre o pescoço, e alegre como nunca, lá foi ele, feliz, simulando braçadas numa raia olímpica invisível... O sorriso do Pai, naquele instante, inundava o ar e invadia a sala. Entretido até a medula, o Pai só voltou a si diante da minha nova ofensiva:

"– O estrago já está feito, agora, é consertar ou quebrar de vez!... Esses prêmios estão mesmo no lugar merecido: sabe onde?... No Lixo!... Lá embaixo, na lixeira da rua!... Quem sabe, agora, você arruma tempo pro seu filho e pra sua mulher, hein?"

A Mãe baixou os olhos para o chão, acentuando ainda mais o longo silêncio se interpôs entre nós ali na sala. E o Pai, o Pai como quem fosse subir ao pódio sob flashes, aplausos e chuva de pétalas, do alto de seus 1,80 metros, e com a jovialidade de quem completara, recentemente, cinco décadas, tentou ainda, quase em prantos, impedir que os homens da Limpeza Pública brutalizassem as suas conquistas, mas a voz soou-lhe débil, frágil, um sussurro desesperado diante daquele "entulho" sendo jogado no caminhão basculante... E naquele momento, ainda que a Mãe tentasse um lancinante grito impeditivo "– *Não, Jairo, pelo amor de Deus, isso não!*", e eu, e eu lhe endereçasse uma palavra profunda clamando por tradução: "– *Calma, Pai!... Calma, Pai!. Calma!...*"; o Pai, como quem se preparasse para uma *enterrada* definitiva no garrafão, ou pra *chutar* um pênalti sem chance de defesa, ou ainda, *cortar em diagonal* a bola suplicante no alto da rede, ou quem sabe, num esforço sobre-humano, deixar à deriva todos os seus competidores na "corrida com barreiras", *à la Moses*... O Pai, silenciosamente, sem dizer uma palavra sequer, sem tréguas ao cronômetro da vida, num ímpeto de agilidade e impulso, lançou-se janela abaixo em busca de si mesmo, precisamente, trinta e dois metros e vinte e três centímetros, como atestou o laudo da perícia no exame necroscópico.

Pedra na contraluz

O ruído das *latarias velhas* me colocando sempre em sobressalto. Um desespero noite afora. Pra cortar o caminho ou despistar, o que acredito, José seguia sorrateiramente pelas ruelas providenciais do *desmanche* de carros no terreno vizinho. Um estrondo em meus tímpanos, os chutes do maldito nos veículos depenados. Lata sobre lata arrepiando meu corpo, aquela sonoridade aguda, cortante! O ruído de um giz inteiro raspando no quadro-negro, arrepiando-me dos pés à cabeça. Era um aviso que conheço de cor e salteado, um código que a contragosto, ajudei a construir desde há muito. José vinha, eu sabia.

O coração pela boca, meu susto e sobressalto nessa cama-chiadeira em que me deito todo dia. Levantei-me arisca, pé-ante-pé, até a confirmação. Esguia e temerosa, como sempre, encostei-me no armário e aguardei. As batidas insistentes, fortes, eram as dele. O mesmo ritual – a porta aberta, um silêncio cortante, o reconhecimento do local com os olhos, demoradamente. Os olhos de José sobre a rachadura das paredes, sobre os móveis, sobre os objetos da cristaleira, uns olhos de *raio-xis* sobre mim!

– **Estou correndo perigo, você sabe?**

Insistente, afirmou sem me dar a chance do porquê, quando e onde. Acenei o sim com um olho no revólver, que dançava os passos de um tango bem dançado nas mãos dele. Modelo novo. O cabo brilhando à madrepérola. Um hábito que tinha, eu sabia. Com o nariz empinado, José cansou de confessar em meu ouvido que sempre trocava de arma. Pura segurança, dizia. Estratégia pura, insistia. Um José precavido, o que sempre fora. Então, então acontecera, novamente, pensei.

– **Teve alguém aqui?**

Disse-me em tom seco, rodeando o meu corpo com o seu cheiro de ontem. A barba ainda por fazer, dura, espinhenta. A camisa desalinhada, desigual, soltando um dos botões, como a insinuar uma contagem regressiva em ponto-de-bala. Sabe-se lá!... Nem quero acreditar no que sinto agora. Estou gorda demais pra tanto, ele percebe. Ele assim por perto, quero crer, é só uma aproximação de quem sufoca o próximo. Ele entende. A pele quente de José me contamina, dilacera, a vida inteira é desse toque que eu preciso. Resisti o quanto ele quis, mas afastei-me habilidosa, delicada, disfarcei a pose, ele entendeu. Ferir o meu orgulho, nunca, nunca!... Eu ali, a poucos passos do meu homem. Eu feito uma cúmplice, sabedora de tintim por tintim, conhecendo os códigos, os pingos e as letras. Quase uma vida aprendendo essas regras, o certo, então, o certo era eu entregar o *ouro* como sempre fora comprado por essas bandas. Caguetagem disfarçada, esse meu punhal!...

— **Faz tempo que a polícia não vem!**

Respondi de pronto... e confesso, *meio puta* por dentro e constrangida na pele e na alma. Falei em tom baixo, esquivando-me, o meu costume. Olho por olho, dente por dente, o meu humor. Puxei na força do *não vem*. Eu ali, o rabo dos olhos erguendo, olhando torta, confirmando e reconhecendo o alvo e a pontaria. Então, eu não queria esse homem aqui comigo? Então, não foi por isso que deixei tudo? Quem sabe o quanto sofri, quando abandonei pai e mãe que nunca mais vi nesse mundo?.

José sempre breve, contando os minutos e as horas dentro dessa casa. Eu sabia de tudo pelos jornais: *homem alto, forte e encapuzado*. Eu sabia das coisas pelo noticiário e pelo falatório dessa rua inteira, que não sou boba. Uma *rádio-peão* que me deixava louca, essas *beatas-faladeiras*. A polícia procurando José pelos assaltos e outros crimes. Quase sempre envolvido com mulheres, que evitavam denunciar o bandido. O porquê eu escondia de mim mesma. Abafava o meu grito o quanto podia diante dessas *lavadeiras* invejosas. Desconversava sempre, politiqueira da pior espécie, que quando quero, sou. Eu ali, só, ruminando as traquinagens desse desconhecido. Os dias e as noites, eu jurando pra mim mesma que não era o José que eu escolhera, enquanto caminhava pelo Jardim das Flores, no Parque Florestal. Impossível ser o José que sempre me tivera respeito e admiração. Amor até, imagino. Um respeito *Mariano* naquele primeiro encontro no estande de tiro-ao-alvo do parque de diversões. Verinha, minha melhor amiga, onde estiver, ainda recorda.

Agora não! Inquisitório esse homem que me chega de soslaio. Um tremor em meu corpo a cada passo que ouço nessa madrugada fria. José é um outro que não me acostumo bem, medindo as letras da minha vida dentro de casa, medindo o tamanho dos meus passos nesse quarto-e-sala que recebi de herança materna. Como num duelo, ajustei-me ao pé de apoio e preparei a mira – derrubei José, pesadamente, na cadeira de fórmica. Disparei flechas certeiras, as palavras:

– **Trouxeram ele lá do Norte! Protege a Vila!...**

Falei. Fiz meu, o suspense provocativo semi-escondido nas nuances da minha voz rouca e ferina. Provoquei o quanto pude. Bem no alvo! Agredido,

José não perdera o tique do nervosismo, percebi. As mãos de José na cabeça, as mãos de José revolvendo os cabelos, as mãos de José cobrindo as orelhas. Uma viagem no tempo, segundos a fio. Minutos, quem sabe. Por fim, por fim o tapa forte, com as mãos em concha, esquentando os ouvidos. Depois, depois… o tom calmo e amável do homem que eu amo!

– Então, não queria uma pedra assim, "brilhante"?… pois, aqui está o anel! Peguei de uma dona da alta num casarão chique, mora sozinha, a dondoca, gente da grana!…

A mão de José suspensa no ar. Uma avaliação delicada, delicadíssima. A admiração da pedra na contraluz da janela. Os gestos lentos, lentíssimos; os dedos de José transformando o brilho do anel, gradativamente, em tons multicores à luz do sol. Um verde-azulado, intenso, refletido na íris de José. Uma paixão que cega e fulmina, os olhos desse homem! Na contraluz, a pedra me desvendava cada vez mais esse homem que eu vejo e que conheci há tempos; desse homem que eu trouxe comigo pra viver nessas quatro paredes pro resto da vida. Desse José que me pôs carregadinha de sonhos e planos. E que me deixou quieta, muda, *mudinha da silva*, sem nem um pio que saísse de mim, pra não quebrar esse meu encanto de Cinderela.

Aqui na Vila todos falavam: *Onde está José?... Onde está ele? Mulher de bandido! Não prende o homem dela em casa!...* Essa falação, tanto tempo agora, aprendi a esquecer. Que falem! Não me importo mais. Afinal, a casa era minha. Um quarto e sala nos fundos, mas era meu. Um cubículo de casa, mas era minha. E então, eu não tinha o direito de ficar no bairro? Antes era polícia: *Onde está seu marido?... Sabe onde está José?... Não se encrenque por aquele, não vale nada! Diga, aonde foi José?...* A vida me levando nesse desafio sem fim e eu me definhando no dia-a-dia. As amizades me faltando. O olhar esquivo dessas *comadres-chiadeiras* me deixando louca, maluca. Minha cabeça e meu corpo se transformando para sempre.

Tanto tempo agora, acho que o esqueceram. José não falava. Nem comigo nem com ninguém. Também nunca mandou bilhete, um recadinho que fosse. Quando penso o que penso, meu coração dispara batendo forte no peito: tenho um pressentimento que morre logo, que preparam a sua *cova-rasa* por esses dias. Mas isso não falo. Não! Faço bico calado. Essas coisas, guardo pra mim mesma em silêncio, sem alarde, engolidas pra sempre. O que quero é o meu caminho. Minha parte nessa vida que ainda vivo. Uma estradinha que me livre dessa sonoridade estridente da madrugada, feito um estampido de arma, vida besta, estúpida, que ainda não me acostumei desde que me conheço por gente...

Há três meses apareceu TEODORO. Um tronco de homem. Capataz de fazenda nas Alagoas. Fizeram dele o chefe por aqui. Ganharia o que fosse, mas os bandidos matasse. Todos. Um a um. Vi com esses meus olhos bem abertos o quanto *Seo Amaro da Venda* vivia de prosa com o parrudo. Pois não é que dia desses o toco de homem esqueceu o *rabo-dos-olhos* em mim? De medo, gelei o corpo, arrependida que fiquei do decote que escolhera pra aquele dia. Me pus porta afora pra nunca mais. Dizem que TEODORO comanda os bairros e o tóxico na região. É só a língua do povo, garante *Seo Amaro,* bem protegido. Só que José não é bobo. Aposto que sabe de tudo. Veio sabendo tudinho. Quem duvida? Percebi que hoje José está um tantinho fora do costume de assustado. Se me acalmo, ainda ouço na madrugadinha fria o barulhão das latas no *desmanche,* zunindo em minha cabeça. Um retorno do tempo que me põe em calafrios e me arrebenta os miolos, se penso. Olho para José e carrego na tonalidade das frases, a força que ainda me resta, essa lâmina cortante:

— Diz que tem o corpo fechado. Só anda de táxi!... Quinze crimes nas costas!

Insisti no vazio. José estava adiantado, longe, buscando o infinito junto à janela. *Pedra na contraluz.* A meiguice dos olhos de José durante uma eternidade, revelando o jeito manso de se recostar à parede, de soltar o corpo desleixado, de pender a cabeça, malemolente, que me olha e me quer bem. Invasor, o sorriso de José me cativa eternizando um quadro que amo e conservo pra sempre dentro de mim. Cenas que não me saem da imaginação, esse homem em minha casa. O mesmo que conheci me chamando de *princesinha do parque*, relembrei sorrindo. Como uma luz reveladora, pouco a pouco, o *ar* vai-se descarregando à minha frente... Eu ali inteira, sem esforço, sobrevoando o meu hábito. Celestial, essa paz. Assim, assim amoleço risonha, todinha. Dengosa com meus trejeitos e o meu dom que tenho nas imitações. José sabe!

— A Vendedora da AVON me chamou de DONA, Zé!... Ah! DONA MÁRCIA, esse o seu marido vai gostar, garanto!... Sente o perfume, sente? Quando é o aniversário dele, DONA MÁRCIA?... DONA pra cá, DONA pra lá! Achei uma graça, Zé!...

José farejando o bule e o coador. Elogios que nunca esquece quando eu passo o café. Instantes depois, eu mesma em lágrimas chorosas. O meu riso parando no ar, estancado. Xícara e pires feito cacos, a minha tonteira. Tivesse jeito, um outro jeito, pensei. Mas não, esse só!... Malditas palavras, sempre na *hora agá* me chegando medrosas, breves, sonolentas. Um balbucio sussurrado, a voz que me sai arrastada puxando fígado e coração. Um nó preso na garganta. Se falo, quase morro. Vozeirão acumulado nas entranhas de mim. Ferida cancerosa, que acho, não tem cura nesta vida. Um fiapo de som me saindo goela afora, decibéis inaudíveis, essa voz que só eu escuto bem dentro de mim, e que surge atropelando pontos e vírgulas que engoli pra sempre quando conheci este homem:

– Zé, porque você faz isso, estupra?!... Não te sirvo?!

Eu disse? Não, não disse. Pensei alto, foi. Pensei alto, só. Disfarcei-me o quanto pude. José repetia insistente *"– O que você disse?"*, *"O que você disse?"* Não respondi. Apenas resmunguei *"Nada"*, enquanto mudava os pratos de lugar. Os talheres, levei-os para a beirada do fogão. Um por um. Com o pano da pia, por duas ou três vezes, sequei as poças que insistiam em sobreviver no entremeio das trincas fundas do tampo de granito. Apertei a torneira até me doer a mão, evitando o pinga-pinga eterno. A mão de José ainda suspensa no ar. O corpo desleixadamente na cadeira que o mantinha de frente para janela. José com as costas nuas, inteira, todinha para mim. Em gestos lentos, delicadíssimos, avaliei o corte da lâmina, a faca, que ainda ontem, à tardinha, pedi que fosse afiada pelo Antônio-amolador. Pedra na contraluz, o meu olhar em José. Um sussurro, essa voz que ouço dentro de mim mesma a me dar ordens. Uma intimação insistente, violenta, a me apontar o caminho com o dedo em riste. Livrar-me de uma vez por todas dessa angústia. Eliminar de vez esse meu sofrimento diante de José. *Não sou mais mulher na cama?*

— Zé, porque você faz isso, estupra?!... Não te sirvo?!

Entro em desespero e sigo minha voz endemoniada. Enquanto respondo afirmativa, vou. Vou indo pé-ante-pé com o gesto pronto. A mão suspensa no ar. Carrego uma maldade em mim que nunca tive. Agora, agora deixar a mão fazer o resto, a cena do filme que nunca esqueço. Espere, digo a mim mesma apreensiva. Como um sinal de mau presságio, meus ouvidos experimentados percebem lá fora, ao redor da casa, algumas vozes sussurradíssimas e passos traiçoeiros. Sempre tive essa cisma, insisti comigo mesma. A verdade é que sou sensível por demais, mas nunca disse. Não duvide de você nessa hora, continuei a me dizer. Continue. Continue. Intuitiva que sou, confirmei o meu temor, eram eles. José, ali, bem no alvo, inteiro e disponível. A porta da sala vi cair sob os chutes fortes do Chefe. Os outros três, junto à janela, fizeram de José um alvo humano. Vi com esses meus olhos bem abertos quando o *Parrudo* fez a conferência. Não disse palavra. Em José, como quem fosse um experiente médico, TEODORO só apalpou a garganta, livrando-se do sangue que corria. Com as mãos ágeis, apanhou o anel caído aos pés do morto, e de novo, ao me descobrir ali paralisada, trêmula, com a faca na mão, esqueceu por um longo tempo o *rabo-dos-olhos* em mim. Só que desta vez, veio vindo, veio vindo em minha direção.

Salve geral

(Bibelô, eu te amo)

> "Há o amor, é claro. Mas há a vida, sua inimiga."
> (Jean Anovith – dramaturgo e cineasta francês)

A armadilha do Miranda já estava preparada. Fora somente o tempo de rodopiar a chave no cadeado da porta e os policiais à paisana surgiram fechando o cerco. Enquanto os agentes o algemavam em alvoroço de comemoração, Miranda, num silêncio constrangedor, mantinha-se acocorado no estreito cômodo, com um olhar cabisbaixo e desolado, acompanhando os chutes fortes e certeiros que derrubavam seus cavaletes, latas de tintas, pincéis, tecidos, a mesinha, uma banqueta e diversos outros apetrechos do seu local de trabalho. Aos gritos e pontapés, os agentes intimavam o pintor de faixas:

— Vamos, seu merda, me dá um nome!... Vamos, me dá um nome, anda!!!...

Lá fora, quase uma dezena de carros policiais, que mais pareciam infernizar o trânsito com suas sirenes ligadas, aguardavam a saída do pintor, ainda bem assustado e temeroso dos novos e futuros acontecimentos. Era visível que se fosse um *Dom Quixote* nessa hora, Miranda transformaria seus pincéis em lanças pontiagudas e espadas implacáveis; dos seus lápis inocentes, que antes se acomodavam no *porta-trecos* sobre a mesinha, Miranda faria zarabatanas com setas envenenadas pelo *curare*, ou transformava-os em atiradeiras de miras precisas... Quem sabe ainda, dali, do seu *"ateliê de pintura"*, um cubículo com paredes descascadas, com a estreiteza de dois metros por quatro e pouco, onde mal cabiam as suas faixas estendidas, quem sabe dali, do seu minúsculo cômodo sub-locado no centro da cidade, Miranda, com seus pincéis ágeis, criaria os vestígios de um campo de relvas, feito uma clareira aberta em meio à floresta, para que pudesse como o *Cavaleiro Andante*, combater o bom combate e escorraçar de vez e para sempre os seus opressores; enfrentaria os agentes, seus algozes, em campo aberto, mas antes anunciaria a façanha ao som de trombetas e clarins, como uma aventura necessária à sua vida tão carente de novas dimensões até aquele maldito dia... Miranda, por certo, usaria para si, da mesma descrição que o *"Manco de Lepanto"* dirigira a si mesmo: *"este que aqui vês, de rosto pontiagudo, de cabelo castanho, testa lisa e desembaraçada, de olhos alegres e nariz curvo (...) os bigodes grandes, a boca pequena, os dentes nem miúdos nem grandes, porque não tem senão seis, e estes mal acondicionados e pior postos, porque não têm correspondência uns com os outros..."*

Aprisionado entre as paredes daquele estreito corredor, em meio a seus objetos de trabalho espalhados pelo chão, Miranda, depois de atirado ao solo várias vezes pelos Agentes, e já cansado da pancadaria vinda das mãos fortes daquele grupo, agora prestava-se a ouvir os apelos insistentes para que ele, Miranda, abrisse o bico; Os Agentes insistiam para que ele, Miranda, desse com a língua nos dentes; entregasse a eles, os Agentes, alguém de cima: o seu Chefe, o seu Líder, o Mandante, o Mandão, o Déspota!... Os Agentes pressionavam para que ele, Miranda, caguetasse um nome; se preciso, agisse sem pena, sem piedade, sem dó... Ali, como um bicho enjaulado, Miranda, quase em comoção, completaria para si mesmo de uma maneira "nada exemplar": *"Este que aqui está, digo, este que aqui vês, trôpego, arruinado, exposto hoje ao vexame público, desenganado, um miserável traste em mãos alheias, um cachorro-morto que continua a ser chutado, sem que qualquer culpa tenha nesta vida... este, este sou eu, Miranda Martins, cujo primeiro emprego foi o de "Estafeta" na Gráfica Moderna de São Paulo. Quase uma vida como impressor gráfico. Eu, o Miranda, a quem sempre diziam: Anda, Miranda, anda!..."*

Miranda lembrou-se que ao compor os textos na bancada da Moderna, na maioria das vezes sozinho, sentia um medo danado da morte, pois temia que um dia morresse ali solitário e esquecido, sob o som alto e continuado da Impressora Minerva. Entretanto, nada disso acontecera, mas o receio da morte rondava-o novamente, diante daqueles *carrascos* à sua frente. Então, como quem quisesse ganhar tempo, Miranda esclarecia aos Agentes que na Moderna aprendera, por exemplo, que *Ottmar Mergenthaler, o Otto*, dizia o Miranda, fora o inventor da "*Linotipo*", nome aportuguesado de uma máquina de composição, que fundia em chumbo, linhas inteiras de "tipos" em um único bloco. Na verdade, insistia Miranda, havia quem a chamasse de "*A oitava maravilha do mundo!*"... Diante da insistência de um Agente, Miranda explicou-lhe que "tipo" se referia às letras do alfabeto, aos sinais gráficos e a todos os outros caracteres usados para criar palavras, sentenças, blocos de texto, etcetera e tal. Afirmou também para os Agentes que a sua função, antes da Linotipo, era organizar as letras para o bloco de impressão nas maquinas tipográficas. E assim que as antigas impressoras perderam lugar para as modernas *offsets*, ele, Miranda, perdera, também, o emprego na Gráfica Moderna de São Paulo... Miranda reiterava para os homens da lei, que hoje era apenas um *pintorzinho* de faixas, quer dizer, fazia também alguns *banners*, algumas placas, além de cartazes e painéis... E, ali, na frente de todos eles, jurava por Deus Nosso

Senhor e pela Santíssima Nossa Senhora Aparecida que no dia de ontem, fizera, sim, fizera aquela faixa inocente a que eles, os Agentes, se referiam. Uma faixa com uma mensagem de amor. Miranda esclareceu que fez o serviço a pedido de um Motoqueiro que nem mesmo o capacete havia tirado da cabeça, por isso, ele, Miranda, não vira sequer o rosto do homem, que nem era muito baixo nem era muito alto. A moto, aquela sim, ficara ali parada, ali onde agora estão as viaturas; uma moto verde-oliva, ali mesmo junto ao meio-fio da rua. Mas os Agentes, de imediato, retrucaram que *tudo bem, Seo Miranda*, entretanto, a mensagem, saiba o senhor, era um "SALVE GERAL" para uma contra-ofensiva comandada pelos presos diante da proibição de visitas íntimas no presídio. Havia quem dissesse também, *Seo Miranda*, que era uma represália à linha dura do Governo, que impedira a saída do *Dia das Mães* para os detentos do semi-aberto. Portanto, ele, Miranda Martins, a pessoa jurídica, fora entregue aos policiais como o local onde se produziu o "SALVE", quer dizer, a faixa solicitada pelo homem da moto. Agora, ele, "*Seo Miranda*", a pessoa física, dava *pinta* de não querer facilitar as coisas. Dificultava até. Custasse o que custasse, mas tinha de ter um nome. Assim, disseram os Agentes, tudo ficaria muito mais simples, não é mesmo, Seo Miranda? Afinal, algo não estava se encaixando bem, disseram os Agentes. Faltavam peças neste quebra-cabeças. Faltavam letras nesse texto. A frase completa não fazia sentido, diziam. Estava sem coerência. Toda oração merecia sujeito e predicado, Seo Miranda de merda!... Algo está em falta nesse seu discurso, seja uma crase, um acento grave, ou uma linha a mais que realce os contornos dessa historiazinha mal contada, Seo Miranda imprestável. Por isso, *Mano*, abre o bico!... Caguete, alguém, vamos!... Vomite uma oração com início, meio e fim, seu bosta!... Aponte o caminho dessa narrativa; Diz aí, Seo Miranda, quem é o protagonista, o herói, o mocinho?; onde anda o sujeito, Seo Miranda? Não faça nós, os Agentes, perdermos a nossa compostura. Vamos, seu merda, vomite um nome, me dá um nome, um nome!... Anda, Seo Miranda, anda!... O verso livre, Seo Miranda, incisivo, direto... A nota de rodapé que tudo esclarece, o parágrafo inteiro, completo, vamos, Seo Miranda, não temos aqui uma vida inteira!... E outra coisa, Seo Miranda – prosseguiram os Agentes – Sabemos que o senhor começou a trabalhar como *Estafeta*, uma espécie de *office-boy*, já que *Estafeta* era o nome que se dava pros meninos lá em Portugal, para aqueles que trabalhavam em escritórios ou empresas fazendo serviços sem muito valor, de pouca importância e complexidade, serviços sem muito prestígio, coisa assim como ir ao banco fazer um pagamento de contas ou andar para fazer entrega de documentos, essas coisas. Era uma tarefa de jovens que ainda não tinham lá seus estudos completados e precisavam de dinheiro para ele mesmo ou pra ajudar a família; havia quem passasse uma vida inteira nesses empregos... Os *office-boys*, que hoje os tempos se encarregaram de modificar, são os atuais Motoboys, que agora já não são mais garotos, mas ao contrário, são quase homens formados ou jovens com idade mais avançada, acima dos dezoito, e às vezes ultrapassando os vinte e tantos; nas grandes cidades, eles formam, hoje, um exército motorizado a ziguezaguear pelas ruas...

Enquanto ouvia, Miranda era empurrado para dentro do camburão, sentindo-se reduzido a um homenzinho infeliz e desastrado. Miranda contemplava pela porta semi-aberta, os sinais da destruição no seu estreito corredor de dois por quase cinco; sentia-se triste vendo espalhados pelo chão, atirados a esmo pelos estabanados Agentes, o seu armário, a sua mesinha, os cavaletes, os pincéis, os lápis, as latas de tinta e de querosene, os tecidos, a sua *banquetinha* quadrada, com as laterais mais altas pra facilitar-lhe o apoio dos apetrechos... Miranda lembrou-se que ficara lá, também, o peso de papel, um pedaço de madeira com uma chapa de metal fixada, em que se via o desenho invertido de uma Águia... Um *"clichê"* que Miranda guardara desde os tempos da Moderna. Bastava que algum cliente apenas olhasse pro objeto, e Miranda discorria contente, sem titubear: "Ah! *isso é um clichê. Uma chapa para impressão em relevo, usada nas antigas tipografias. Olha só, aqui a tinta não entra.*

Aqui entra. Quando a chapa pressiona o papel, pronto, a Águia surge soberana no claro-escuro, a cortar o céu!

As veraneios dos agentes, agora, já davam sinais de manobra, enquanto Miranda revia o filme daquela manhã terrível de setembro. Lembrou-se que chegara ao terminal de ônibus e ali, como todos, dera--se conta do tamanho do estrago. A cidade estava mesmo de joelhos diante do crime organizado. Ainda nem raiara o dia e o saldo já estava contabilizado: incêndios em garagens públicas, carros metralhados, coquetéis *molotov* explodindo em delegacias, bombas caseiras estourando vidros, ataques relâmpagos nas bases móveis, carros em chamas jogados contra agências bancárias, caixas eletrônicos carbonizados, ônibus incendiados nos terminais, gritos, correrias, tiros e bombas na madrugada inteira... Sob um som cortante de sirenes indo e vindo, ambulâncias e carros policiais cruzando as longas avenidas ou mesmo subindo em canteiros de pedestres, ninguém poderia deixar de ver os estragos consideráveis que exalavam da temperatura quente daquela madrugada. Diante da paralisação geral do transporte público na região, todos seguiam andando avenida acima em direção ao centro da cidade. Vez ou outra, nos bares e botecos, já se ouvia os plantões da televisão com os primeiros informes e comentários: agentes policiais mortos, ônibus queimados, gente ferida e em estado grave, prédios públicos metralhados, vidros estilhaçados pelo chão... A ação comandada pelos internos aprisionados fora mesmo uma represália contra o sistema carcerário, garantiam!... As escutas telefônicas, grampeadas pela polícia, apontavam para um *"SALVE GERAL"*. A referência, comentada pela jornalista da tevê, fez com que Miranda desviasse os olhos para o bar.

– **Uma frase de amor!...** – insistia a repórter.

Miranda, de forma automática, repetiu o texto para si. E se pudesse olhar com mais atenção, teria percebido que a frase que espocou na tevê, acentuou-lhe uma sonoridade carregada de culpa. Pelo menos, era assim que seus batimentos cardíacos se manifestaram. Os sinais de impaciência tornavam-se, agora, bem mais visíveis. Sem conseguir explicar para si mesmo, o como e o porquê, Miranda sentia-se cúmplice do que enxergava e ouvia. O seu olhar, ao longo do caminho, parecia denunciá-lo às centenas de trabalhadores que ali caminhavam. Talvez por essa razão, seus passos ganharam outro ritmo, continuado, acelerado, uma corrida contra o tempo; e o que lhe vinha à cabeça naquele momento, era somente o texto escrito no papel-rascunho que havia deixado sobre a sua bancada, seguro pelo peso do clichê tipográfico. Entretanto, sem que soubesse como, os Agentes se anteciparam à sua chegada e lhe prepararam o flagrante. Fora apenas o tempo de rodopiar a chave no cadeado e eles surgiram sabe-se lá de onde! Agora, quebrado e alquebrado, com hematomas visíveis pelo corpo, surrado e torturado física e psicologicamente, Miranda, longe de saber para onde o levariam naquele passeio sem fim, viu surgir-lhe na mente as páginas de uma antiga brochura que imprimira na gráfica Moderna: Dom Quixote! Lembrou-se melhor: Dom Quixote de La Mancha, o romance de Miguel de Cervantes! Miranda recordou-se de uma *prova de página* que lera para revisão. Lembrava-se ainda da fonte utilizada: maiúsculas e minúsculas em *garamond, corpo 12, romano*. E sem que se desse conta saiu lhe da boca um sussurro alto: **Dom Quixote!...** Voltou a repetir aos brados: **– Dom Quixote de La Mancha!...**

Enquanto Miranda regurgitava o nome do imortal cavaleiro, os Agentes policiais, atônitos e boquiabertos, em uníssono, cumpriram as ordens de se reunirem em confraria, numa espécie de assembleia de avaliação; algo como uma banca examinadora que fixasse pontuação para a adequação ao tema, para o desenvolvimento do texto, encadeamento das ideias, coesão, coerência, ortografia e dificuldades gramaticais. E assim, os Agentes chegaram imediatamente a um veredicto: foram unânimes em afirmar que avançaram. Sabiam que o caminho era esse. Miranda não era mesmo um reles *pintorzinho de faixas* como previram, nem sequer um *inocentezinho* pra inglês ver... Não!... Hoje, Miranda estava ali *entregando o ouro* sobre a mais recente e perigosa facção surgida no interior do sistema prisional: *Dom Quixote!* Sim, diziam os Agentes, agora estavam prontos para uma nova investida. Agora, agora tinham um nome. Agora, agora era escancarar as portas para a imprensa. Afinal, não basta só botar o ovo. É preciso cacarejar: **– Dom Quixote!... Operação Dom Quixote!!!** – diziam sorridentes e aos brados, sob o som das sirenes e buzinas, comemorando a descoberta da facção que, ou já existia ou estava sendo plantada nos corredores do presídio. Sim, estava claro, o ataque fora encomendado por uma nova e recente força: *Dom Quixote!...* Algo como uma luta dos amotinados contra os *gigantes* controladores do cárcere; algo como uma proposta de implosão do sistema prisional; ou ainda, quem sabe, um combate sem trégua para ridicularizar os promotores e os agentes da lei. E tudo isso regado a muita ironia e blasfêmia. Sim, concluíram os Agentes: naquele *12 de setembro* havia surgido um novo modelo de célula, inclusive com uso de amigos, parentes, *pilotos* e celulares... **Operação Dom Quixote!...**

Tivesse olhos pra todas as coisas, Miranda veria que os Agentes naquele momento sequer lhe davam atenção, quando, insistentemente, repetia as palavras que ouvira do Motoqueiro: *"quero as letras bem grandes, Seo Pintor... Assinar não é preciso, não! O Anjo me conhece, Seo Pintor. Deixo o pagamento adiantado e retiro à tardinha... E motoboy tem folga, Seo Pintor? Folga nenhuma. O dia inteiro no vai e vem dessa cidade.*

Entrega e busca. Leva e traz!... Tivesse mais atento ao entusiasmo que causara aos Agentes, que riam e riam em sinal de vitória sob os sons desconcertantes das sirenes, Miranda perceberia que a conversa que ouvira do falso *motoboy* pouco lhes interessava naquele momento, entretanto, Miranda continuava contando: *"Porcelana fina, Seo pintor!... Uma Diana, essa mulher!... Deusa Grega, essa Vênus platinada... Pois quero fazer-lhe uma surpresa, Seo Pintor. Quero ver a faixa estendida bem lá na esquina, bem ali no cruzamento da avenida por onde ela passa todo dia"* Miranda registrara as lembranças com nitidez e precisão. E por essa razão empolgava-se com sua memória. A ele, Miranda, parecia-lhe que cada palavra, cada frase que dizia, transformava-se em testemunha ocular para a sua própria liberdade. Sua memória, portanto, poderia servir-lhe de álibi infalível pra escapar dessa bruta enrascada em que se metera. Naquele instante, era como se ele, Miranda, tivesse se transformado no próprio Motoqueiro em pessoa, tal a empolgação dirigida aos Agentes: *"Essa mulher é como uma princesa, Seo Pintor. Preciosa como um objeto raro que se guarda na Cristaleira. Fosse de vidro, Seo Pintor, seria um "Murano", translúcido e colorido, com traços feito à mão, coisa de artesão que se consagra soprando belezas raras com a cana de vidreiro. Fosse uma paisagem, Seo Pintor, habitaria os campos resplandecentes de um amanhecer esplendoroso... Cuido que nunca se quebre esse vaso Chinês, Seo Pintor. Nunca!. Essa mulher, eu* carrego aqui no meu coração... Pois escreve aí nessa faixa com as letras grandes, Seo Pintor, bem grandes, assim, ó: **BIBELÔ, EU TE AMO!**"

Ainda que os Agentes não lhe dessem a mínima, Miranda esclarecia a eles que até rira de si mesmo diante do trabalho que fizera, e confessou que *"para um tipógrafo-minervista até que se saíra muito bem como um pintor de faixas!"*. Miranda explicou ainda, que desenhara as letras sobre o tecido branco. A mensagem, esta destacara em vermelho-vivo, cor quente, a cor da paixão. As letras ganharam assim um jeitão *bold*, pesadas, com um ligeiro filete em preto, que era pra saltar aos olhos da *musa* do Motoqueiro. Pois não fora assim, o pedido? Então, o Motoqueiro não lhe implorara o máximo empenho pra lhe atender a um desejo do coração?

Alheios e indiferentes, os Agentes, todos, como fosse um pacto, um sinal de aviso, uma combinação prévia, uma estratégia armada para dar inicio à Operação Dom Quixote, cruzavam com seus veículos em marcha moderada, depois de muitas idas e vindas rodando com as possantes viaturas. Agora, chegavam ao destino em silêncio gradual e profundo. Uma a uma, simultaneamente, as portas escancaram-se para a saída dos Agentes que, calados todos, diante daquele cenário de relvas, num campo aberto tal qual uma clareira à espera de acontecimentos, a um só tempo, e juntos, pareciam remoer aquela maldita frase reiterativa: *Dom Quixote!... Operação Dom Quixote!*. Todos, ali, pareciam sentir na própria carne aquele golpe fulminante que sofreram diante da frase estampada numa faixa de rua: **BIBELÔ, EU TE AMO!**... Por isso, o revide. Por isso, o revide a quem ameaçara colocar a cidade em *pé-de-guerra* naquela fatídica manhã de *12 de setembro*, era, pois, inevitável. O fato exigia dos Agentes um olhar para o avesso do avesso do avesso. Por isso, de olhos vendados pelos seus algozes, e desatento às urdiduras todas no demorado passeio daquela manhã, Miranda descera do camburão amaldiçoando o seu dia, sentindo um suor frio percorrer-lhe a espinha ao compreender que ali, bem próximo dele, os grupos se dividiram: de um lado, alguns Agentes marcavam um ritmo cadenciado na palma das mãos, chamando-o aos gritos, de forma alternada e incessante: *anda, Miranda, anda!... anda, Miranda, anda!...* e de outro, os demais ensaiavam uma sequência ruidosa de sons metálicos, gatilhos em preparativos, pipocando à sua frente, martelando seu ouvidos, ferindo seus tímpanos, continuadamente, até surgirem os estampidos...

> *"... com a lança em riste, arremeteu a todo o galope de Rocinante, e se avivou contra o primeiro moinho que estava diante, e dando-lhe uma lançada na vela, o vento a volveu com tanta fúria, que fez a lança em pedaços, levando desastradamente cavalo e cavaleiro, que foi rodando miseravelmente pelo campo afora..."*
> (D. Quijote de La Mancha – Capítulo VIII)

Naquela madrugadinha que já ganhava ares de bom-dia, nosso caminhão seguia cambaleante pela estrada vicinal rumo à fazenda da Grota. Enquanto durava o caminho da Vila Pioneiros até o corte da cana, ouvíamos uma cantoria cristã, que *Sá Felicidade*, a mais antiga da turma, entoava costumeiramente com sua voz afinada e melodiosa. Cantos de Igreja, ladainhas... A bem dizer, foi a última vez que subimos num caminhão de boias-frias. A partir dali, diante do ocorrido, somado aos muitos acidentes que aconteciam nas estradas, além da proibição do trabalho infantil, a fiscalização não deu mais trégua pros *"Gatos"* nem pros *"Bichanos"*, que era como a gente espezinhava os *"turmeiros"* e os *"donos de fazendas"* da região. A ordem, agora, eram veículos cobertos e com bancos, iguais aos ônibus de viagem: os *Rurais!*... Naquele dia, sem que soubéssemos, em nossa brincadeira diária de dizer *Quem mora ali? Quem mora aqui?*, crianças ainda, fizemos nossa última reverência aos moradores da região:... *casa do Dengo!... Dona Lôra!... o Armazém do Dei!... Seo Oliveira!... Arlindo do Córgo Fundo!... casa do Chico Barbeiro!... Valdemar da Donana!... Seo Fortunato Martim!...*

O grito pra gente acudir o Divino lá no terreiro da Casa Grande viera ainda com o solzinho daquela manhã. *"Diacho de homenzarrão, pois não devia de estar no corte da cana com os outros?... Que diabos o gigante fora fazer lá longe, lá no terreirão da fazenda de Seo Honório?"* Pra todos ali no corte, o Divino era tal qual um *gigante*, entretanto, pra mim, com meus doze anos, naquele dia fiz a comparação dele com uma santa, a *Santa Joana D'Arc!...* Era tamanha a coragem do *gigante*, que logo me surgiu na memória as palavras do *Seo Marianinho*, um beato da igreja que coordenava a catequese e, não raras vezes, substituía o padre nos ensinamentos do curso:

"– A Santa Joana D'Arc tinha uma Fé Inquebrantável!..."

Nem era preciso nos explicar. Para nós, os meninos do catecismo, essas palavras causavam um rebuliço na imaginação. E Seo Marianinho fazia da força mágica dessa imagem, um motivo de orgulho para nos orientar sobre os mandamentos de Deus. Aprendemos, todos, que Santa Joana D'Arc era movida por essa *"Fé inquebrantável"*, e sabíamos, de cor e salteado, que fora pela fé profunda, que aquela *menina-mulher*, nascida em *Domrémi*, na França, no ano de 1412, liderara o exército francês contra os inimigos ingleses; e assim havia mudado para sempre o rumo da Guerra Dos Cem Anos!... Hoje, ali, naquela manhã, a frase me surgiu carregadinha de força e verdade: Divino não havia nascido na França, mas ali mesmo, onde a gente vivia na região da Mogiana, entretanto, dele, diziam todos, que lá pelos 13 anos, quer dizer, bem mais de dez anos atrás, cismara de ouvir uma voz, tal qual a que Santa Joana D'Arc, no século XV, ouvira. *Voz de quem Divino? De quem?* Ao que ele não respondia nada, porque se entretinha a dizer que estava escutando, mas não sabia soletrar a voz que lhe chegava. E assim ficava o Divino: meio que jogado num canto até que o *"surto"* passasse. Digo *"surto"* porque o Divino, diziam os mais velhos, vivia sendo medicado com o tal do *Gardenal*, um remédio indicado pra quem "*sofria dos nervos*". Por isso mesmo, em se tratando do *gigante*, apenas dizíamos:

"– Ah! é o Divino, de novo!,... Deixa ele, deixa, deixa que logo passa!"

E o *gigante* era assim: o que tinha de estranho, de grande, tinha de bom. A bondade em pessoa chegou ali e encontrou a melhor guarida. Divino ajudava um que precisasse completar o volume de corte; ajudava outro que precisasse pegar a água fresca lá no caminhão; defendia outro de uma cobra venenosa que por ventura ali aparecesse; escorraçava com abelhas e o bando de marimbondos bravos que teimavam em construir moradia no canavial... No entanto, um dia vinha lá o Divino com aquele seu vozeirão de trovoada a recitar um palavrório desconexo, coisa que ninguém nunca atinava por inteiro. Divino abria os braços, rodeava sobre si mesmo como um pião no círculo, e deitava a falar ao sol e de si; e de quando em quando, de facão em punho, com um *Zapt! Zapt! Zapt!* ia limpando as palhas, cortando a cana e amarrando os feixes pro carregamento da tarde, enquanto que da sua boca saía aquele vozeirão desmedido: "– *as palavras são obras de Deus, lá isso são... mas são também obra de um demo, não vê lá quando eu digo "iscumungado"!... E "iscumungado" não tem mesmo uma parte com o coisa-ruim?... E não é "iscumungado" quem me aprepara a degola?!...* (*)

Instantes depois, aquietava-se o Divino. Emudecia como um *cordeirinho de Deus* a sentir na própria pele o deslize cometido. Uma ovelhinha, o Divino, em silêncio de prosa, abaixando aqueles seus olhos grandes e retornando com facão ágil de volta à lida. Pois naquela manhã, sem que ninguém soubesse o como e o porquê, Divino largara o corte da cana e escapulira encosta abaixo rumo ao terreirão da Casa Grande. Os de mais perto juravam que ouviram da boca do Divino, que hoje era um *dia de Libertação*. Mas, ninguém ali, por mais que se lhe desse fé, umazinha que fosse, botava reparo no atarantado Divino. E, crianças, a gente trucidava: *Nem te ligo, gigante! Nem te ligo, gigante!*... No entanto, fosse o dia da voz de Deus ou do grito rouco do Diabo, o certo é que Divino, como uma ovelha desgarrada à procura de outros campos verdejantes, preparou-nos as letras daquela manhã com as tintas vermelhas do sangue!... Ao aviso, corremos todos pro terreirão!... Havia, ainda, uns cem metros até o pátio, mas já era possível ver o Divino subindo na Colhedeira à custa de uma facilidade sem igual, passo sobre passo, pulando aqui e ali sobre aquele maquinário imenso e estranho para nós: a Colheitadeira, uma colhedeira de grãos que acabara de chegar havia três dias na Fazenda do Seo Honório!... Eufóricos e aturdidos, acompanhávamos, ainda à distância, os movimentos da cabeça do Divino, pois havia naquele ângulo uma amendoeira, dessas últimas árvores centenárias, que criava ali uma cortina de sombra, impedindo em grande parte, a nossa visão completa sobre o terreiro da Casa Grande. Enquanto seguíamos, todos ali, dávamos a ela, à Colhedeira, um tamanho que ganhava em muito a altura de um trator dos grandes, um *tratorzão*; e que, nas mãos do Divino, lá em cima, bem no alto, havia alguma coisa que muito bem não se via. *Uma arma? Uma foice? Um facão?* O Divino, a gente via e confirmava, parecia ensaiar uns passos de ataque e defesa, subindo e pulando, avançando e recuando, e de tempo em tempo, insistindo nos gestos de bater sem dó nem piedade! *Bater sem dó nem piedade?... E bater em quem, no invisível?* Com o pé de apoio seguro, Divino, via-se, arriscava umas passadas longas mais pra cima; e a gente enxergava o Divino cada vez mais alto, mais alto, muito alto... Ele, o *gigante*, era por certo que estava pé por pé apoiando-se naquelas engrenagens, no contorno dos ferros, procurando alcançar o topo como quem subisse às nuvens, ao céus. Da sua boca ouvíamos com a sonoridade grave, grave: *"– O que farão sem os montes de ferros?! Terei fim, mas o espaço, não! A luta, não! A sorte está jogada, mas jogada por mim!..."* (*)

Quem há de saber se ouvíamos aquilo ou inventamos o que parecia ser? Nenhum de nós confiava tanto no que se passava ali no terreirão, ainda um pouco longe das nossas vistas. Na aproximação, Divino pareceu ganhar um jeito assim de espevitado, um sabedor, um guerreiro sanguinário... *ou a gente via,*

via? Nas mãos de Divino, o que antes era lá o seu facão, a foice, agora mais parecia um aríete potente, impiedoso, não fosse apenas um cabo de enxada aparado do fino para o grosso. Forte. Feito à mão, liso, um pau de goiabeira!... Divino, um porta-estandarte a se preparar para o ato, tendo nas mãos uma longa espada de prata pura, uma lança, lâmina de dois gumes, afiada, a trespassar a carapaça dura da sua montaria, a Colhedeira, o dragão de ferro!...

Logo, o arrepio. A trinta ou quarenta metros do terreiro pude sentir a presença dela: a Santa, a Santa Joana D'Arc!... As palavras de *Seo Marianinho*, em mim, transformaram-se em pedra e pau; como coisa que se toca e pega, senti o peso, senti o contorno de cada letra, uma somada à outra, ganhando força e tamanho exatos: *"Fé Inquebrantável!"* Sim, eu ali, estava de corpo presente naquela "Guerra dos Cem Anos". Divino, o enviado dos deuses, chamado por Ele, subira ao *céu* pra combater o *inferno* aqui na terra: a Colheitadeira, a colhedeira de grãos! Entreolhávamo-nos, todos. E Divino, lá no alto, com os braços abertos em cruz, os braços longos e pendentes num aceno interminável e acusador, parecia nos indicar o alvo na casa-sede, com sua voz rouca percorrendo o ar em busca de um sentido completo: "— Se houvesse inferno, haveria de ser para reis e poderosos que se sustentam do trabalho alheio!..." (*)

O profético vozerio do *gigante* ecoava com endereço certo. Todos ali, os boias-frias da Grota, já temiam os *maquinários* nas lavouras de cana. Um dia desses, eles chegariam. Era só uma questão de tempo, diziam. E diante daquele medo, hoje, hoje era o "dia da libertação"... E então, ali, como se enfrentasse a sua própria *Guerra Dos Cem Anos*, Divino arvorou-se contra o maquinário descomunal, tendo como escudo a sua **"Fé Inquebrantável"**; poderoso, o *gigante* investiu feito um pastor de rebanhos que defende com a própria vida a sua ovelha predileta diante de um "lobo" feroz e faminto. Na sua mão, o punhal, o cabo da enxada, o aríete, o varapau... prontos a atingir, a deitar por terra, a quem por ventura lhe roubasse o ganha-pão, o dia, o salário, o brio, o orgulho, a honra, a terra e o sustento da própria vida. E Divino, em seu instinto protetor da espécie, investido de uma coragem imensa, bateu-se frente a frente com o "lobo" astuto *"E arremeteu com tal fúria (...) que parecia uma fera a avançar sobre a outra (...) Cada vez mais desesperado, o cacete ia e vinha, numa raiva animada de minuto a minuto pela insólita duração da violência (...) –* **Larápio dos infernos!...** *Rei dos animais pela razão, o pastor perdera o sentido do perigo e o terror dele. Agora era um inexorável fiscal da ordem a impedir desmandos –* **Excomungado!...**" (**)

Nossos olhares, como fossem um único, rodearam imobilizados a Colhedeira. No alto, com os longos braços pendentes, Divino expunha-nos as suas chagas vivas. O "lobo vencedor", bravamente, resistira-lhe aos ataques de fúria. Divino, curvado sobre uma abóbada de ferros, preso às pontas das ferragens, atingia a angulação dolorida dos nossos olhos. Ali, a gente toda sabia quem era o boia-fria Divino em seus delírios. Já lá em cima, espetado nos ferros da Colhedeira, de onde respingavam incessantes gotas de sangue, aprendíamos a nos dar conta, a ver e a olhar as entranhas frias daquele astuto "lobo metálico", de onde os homens do canavial, a duras penas, tentavam alcançar o Divino, para retirá-lo das farpas traiçoeiras que o furaram até a morte!... O lobo arreganhara-lhe os dentes, mas Divino caíra como um herói ao seus pés. A Colhedeira intacta, rija, ereta, mantivera inabalável o seu sangue guerreiro nos campos de cultivo: apossara-se, com ousadia, do aríete e do punhal de prata!...

Aos olhos de todos, Divino sucumbira à profecia da fé que eu tanto lhe almejara, entretanto, guardei para sempre a sua luta heróica em favor dos boias-frias; para mim, à imagem e semelhança da Santa Joana D'Arc em sua vitória na Guerra dos Cem Anos!... Enquanto os homens livravam o Divino das rígidas engrenagens e da volúpia cega das chapas de aço sobre o seu corpo, *Sá Felicidade* iniciava uma ladainha que bem poderia somar-se às orações prudentes de *Seo Marianinho*: **"Salve, Rainha, Mãe de Misericórdia, Vida,** *doçura, esperança nossa, Salve..."*. Como um corpo inerte que se ampara em sofrimento e dor, Divino chegava à terra, ao solo, preso por um lençol de lona, amarrado por pedaços de cordas encontradas ali no pátio da Casa Grande – fora o melhor jeito de trazê--lo ao chão, disseram os homens!... Isso, no exato momento em que Seu Moreira, *o Gato*, e Seo Honório, *o Bichano*, surgiam com a caminhonete ladeando a estradinha junto ao canavial. Por certo, apreensivos e cheios de perguntas àqueles boia-frias ali parados, distantes da zona de corte, a ouvirem cabisbaixos as rezas de graça e fé, entoadas por Sá Felicidade: **"Santa Maria, Mãe de Deus, rogai por nós, os pecadores, agora e na hora da nossa morte, amém!..."**

(*) **A Canção da Nossa Gente** – Eduardo Galeano – Ed. Paz e Terra
(**) Miguel Torga – **Maio Moço** – **Contos da Montanha** – Coimbra/Portugal, 1976

A travessia

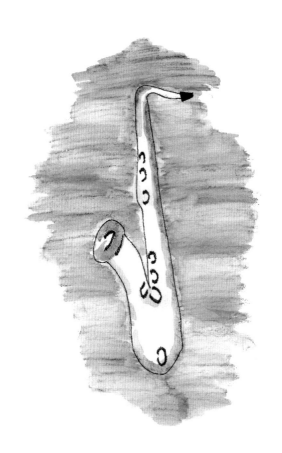

> *"O próprio desejo é viagem, expatriação, saída do meu lugar."*
> (Francis Affergarn – Exotisme et altérité – Paris/PUF/1987)

A pequena rua do vilarejo, ainda hoje chamada *"Broduei"*, já dava mostras de que seria num futuro próximo uma espécie de passarela aberta ao mundo e às mais diversas *tribos* e personalidades. Uma rua cosmopolita, de turismo planetário, ou como se diz, hoje, no jargão local: A *Esquina do Mundo*!... Ainda que não tivesse a medida exata de uma das faces de um quarteirão, à noite reunia-se ali um volume considerável de gente por metro quadrado, numa espécie de *footing* a céu aberto, um ir e vir criando um desfile de turistas e nativos à frente dos bares e botecos decorados ao estilo tropical, com seus drinques especiais, petiscos, e entre outras coisas, a tradicional caipirinha, cerveja gelada, claro, e o famoso *Capeta*, uma mistura de guaraná em pó com vodka, canela, mel e gelo picado, uma bebida energética pra fazer da noite um espaço sem volta...

Na maioria das vezes, a palavra "fim" nos causa reações estranhas e confusas, mas naquela madrugada, para *Nirollez*, o músico, é bem provável que o real significado não o afetasse tanto, porque para ele, "fim" era como se fosse um reencontro, uma forma de se penitenciar diante de todos ali, ou ainda, "fim" era o seu próprio desafio para se livrar de um sentimento de culpa que carregara durante a sua existência, ao se apegar, desmedidamente, no bem que mais apreciava na vida: a música clássica!... O certo é que, àquela hora, assim como quem surgisse de um local distante, assim como quem nos oferecesse um concerto sob a luz do luar, *Nirollez* destacara-se com um som poderoso no seu *Sax MK VI*, a joia rara dos aficionados, e passara a comandar uma espécie de sinfonia sonora naquela pequena rua do vilarejo. O que víamos e ouvíamos era algo inusitado, curioso, envolvente, entretanto, por demais difícil de se imaginar, uma vez que superar os decibéis diversificados que ecoavam nas caixas acústicas amarradas nos postes à frente dos bares, não era mesmo uma tarefa simples. Pois foi o que se viu: pouco a pouco, conforme avançava em sua travessia, com passos lentos e firmes, *Nirollez* conseguira a proeza de fazer com que o silêncio se fizesse presente, e ali, como se retirasse de dentro da sua alma, fez surgir uma sonoridade estupenda que emergia incessantemente do seu mágico Saxofone... Nada que ali se assemelhasse a um outro estilo, um *soul,* um *rock* ou uma música erudita em seu desempenho tradicional. Não. Nada ali parecia cercear as intenções do intérprete em seu contínuo movimento de seguir em frente. Nada a impedi-lo no provocante uso que fazia daquela brilhante improvisação... Pois se é disso que vive o Jazz, se é isso que o Jazz exige, pois se isso é o que pregam os jazzistas, que a música torna-se improvisação, que o ato criativo é misterioso, nascido no momento em que se toca, na forma que se toca, criado na hora, mas sem ferir as suas verdadeiras origens nos *blues, spirituals, ragtimes, música folclórica*, além dos ritmos alucinantes dos tambores africanos... e com suas variantes criativas, o Jazz nada mais seria do que um método de composição instantânea, tal qual um *cordel* ou um *repente* criados no ato; pois, ali, ao fazer a travessia daquela rua com o seu Sax, Nirollez nos entregava tudo isso de mão beijada, num contínuo processo de criação e recriação que se descortinava à nossa frente, sob acordes sonoros instigantes, catárticos, que mais pareciam gritar para que ouvíssemos uma história, a sua própria história, como um relato que alguém compartilhava conosco, alguém que ali nos expunha os seus diálogos, apresentava-nos os seus conflitos, ou por vezes, alguém que nos oferecia apenas um agradável bate-papo, uma simples conversa verdadeira ao redor daquelas mesas... Era o que Nirollez nos dizia, ali, desfilando à nossa frente naquela pequena rua da aldeia de pescadores.

E se o espírito do Jazz está em pensá-lo como linguagem, como uma fonte de comunicação, algo que nos lava a alma, e nos leva à alma a sua origem, a poesia, a música, a emoção, a alegria, os conflitos, os imprevistos, a fantasia, a realidade... O que se ouvia no improviso do jazzista por meio das suas notas musicais, dos acentos rítmicos e inflexões arrancadas do instrumento, era a sua maneira de nos conduzir, de trocar ideias, ou talvez, de se expiar em culpas à frente daquele público que o prestigiava. Era visto que tudo ali era urgente. Necessário. Por isso, inevitável como a noite que seguia atropelando, o músico *Nirollez* seguia a rua dando mostras dessa linguagem, impregnando-nos com sua própria personalidade, com o seu estilo, com seu ímpeto diante do belo e do prazer, de um jeito único, ímpar, como se ouvíssemos ali, a voz dissonante de um "Lester Young" a nos dizer e a nos intimar: "*Escutem, eis aqui a minha história!... Ouçam!. Ouçam, todos!...*"

O Saxofone de *Nirolllez* "cantava" com as raízes do próprio jazz, com a origem, com o seu auge, com as suas influências, desfilando sob olhares e atenções de todos, como se ali fosse ele, *Nirollez*, o talentoso e criativo "Charles Parker", arrastando-nos para uma forma inovadora de melodia, ritmo e harmonia, o que o tornava para nós uma espécie de "Nirollez/Parker", um ícone da *beat generation!*... Se era fácil ouvi-lo, um tanto difícil era vê-lo por inteiro àquela distância, encoberto pelo público que, emocionado, se levantava das mesas e se aglomerava a seu redor. O músico, de estatura média, braços longos e um rosto marcado pelo contraste avermelhado de uma pele queimada ao sol, os cabelos pretos, reluzentes, emoldurados por uma barba espessa, conservava o desalinho das suas mechas, dando-lhe um perfil rebelde, ainda que se visse ali um homem beirando os seus cinquenta anos, um quase-cinquentão a nos propiciar a irreverência das ruas naquela madrugada do vilarejo.

Ao pisar o chão da rua, *Nirollez* se fazia extasiado, envolvido, e tão compenetrado que é bem provável que não nos visse, não atinasse com o *"quê"* nem *"quem"* o circundava naquela curta distância. A luz dos seus olhos brilhava como uma lanterna que dirige seu foco para longe, para bem longe. Apontava-nos para a frente, para a noite, para a lua, para algo muito além do continente... A cada passo com o seu Sax, desenhando contornos e pirotecnias, *Nirollez* parecia-nos confirmar que estava ali para cumprir o seu ritual. A sua hora. O seu tempo. E tocar. E criar. E ir ao fundo de si como um alquimista, buscando as nuances de tons, ritmos e acordes com seus arranjos colossais e inusitados. Um som atemporal, aquela trilha que despontava no corredor das mesas, surpreendendo-nos naquela noite imperdível e... fatídica na *"Esquina do Mundo"*.

Nem mesmo um olhar mais atento poderia indicar pistas de que à nossa frente, diante daqueles turistas pioneiros e alternativos descolados, estava o *maestro Nirollez*, um homem acostumado ao sucesso e ao reconhecimento do público em seu país, e que sempre se pautara pela mesura, pelo carinho mútuo, pela reciprocidade às ovações, não somente nos teatros locais como também nas principais casas da Europa e América do Norte; entretanto, algumas evidências foram percebidas na sua última *récita*, quando mal acabara de se curvar agradecendo aos aplausos pela regência da sua ópera, "1984", baseada no texto do escritor George Orwell, e já deixava, apressadamente, o pomposo teatro municipal portenho. Não lhe era difícil imaginar a situação que criaria ao seu empresário, à esposa, aos dois filhos, aos amigos, e principalmente ao seu público seleto e fiel que, inevitavelmente, sentiria a sua falta para sempre. Todos, obviamente, passariam a procurá-lo, em vão, por toda Buenos Aires, pela Argentina inteira, Europa e América, onde, costumeiramente, era levado à apresentações monumentais.

Instantes depois dessa "performance" na capital Argentina, *Nirollez* já ocupava um lugar à bordo de um ônibus da Pluma em direção à cidade do Rio de Janeiro, onde, ao chegar, seguiria de táxi até o aeroporto Santos Dumont, para embarcar num vôo que o levaria à Ilhéus, na Bahia. Da terra do escritor Jorge Amado, novamente de ônibus, seguiria para o seu destino final num vilarejo anexo à cidade de Porto Seguro. Ainda em pleno vôo, por certo, *Nirollez* passara em retrospectiva a sua vida de excelente compositor e um dos mais prestigiados maestros, com atuações requisitadas nas destacadas salas de concerto e casas de óperas do mundo. *Nirollez* sabia que seu nome já se transformara em lenda-viva nos mais distantes pontos do planeta, afinal, ajudara desde cedo a expandir e elevar a música Argentina para além do tango de Gardel e das canções folclóricas de Atahualpa Yupanqui... Em seu currículo, carregava a direção de quase duzentas sinfonias e, aproximadamente, cinco mil concertos e óperas. E mais: davam-lhe, ainda, o título de compositor excelente e um virtuoso do violino. Filho de americanos, Nirollez nascera em Paris, mas se fizera maestro reconhecido em Buenos Aires, onde vivera, intensamente, até a noite em que deixara para traz toda a sua história de vida. Hoje, ali, vivenciando a sua travessia naquela rua, *Nirollez* reiterava para si que seu ato final era mesmo aquele: superar, romper de vez com tudo o que aprendera, com os limites, com as notas, com os compromissos, com os horários, agendas... Sim, era isso, teria de sacrificar a muitos, para não crucificar-se, ainda mais. Seja por conveniência ou outra coisa, *Nirollez* elegera o Jazz para lhe carregar a vida dali para frente. Seja como for, descobrira que o Sax impunha-se à improvisação, utilizava-se de variações de altura, era como se nutrisse, ele próprio, ali, da flexibilidade e da heterodoxia que raramente, ou por certo, nunca estivera em sua formação acadêmica. Estava ali, agora, para rasgar suas partituras e harmonias, tarefas para as quais havia devotado toda uma vida, e agindo assim, passara a viver com o pé atrás diante de outros estilos, todos, fossem quais fossem. Embora, Nirollez soubesse da sua boa vontade para com o Jazz, pois referia-se a ele em suas aulas para os alunos, citava-o como exemplo de música popular, porém, sem qualquer pretensão e entusiasmo. O suficiente, apenas, para manter a sua postura de maestro liberal; entretanto, agora, ali, ao fazer do Sax sua razão de viver, descobrira o quanto e o tanto que havia deixado para traz, encoberto, escondido... Por pouco, não saíra de sua boca, verdades absolutas e imbecis, que fariam do jazz uma espécie de "imoralidade musical"... *Nirollez* percebia que faltara pouco para que afirmasse, como um idiota, que o Jazz era algo "anormal" e "mórbido"; isso porque, afinal, ao longo da vida muitos lograram convencê-lo de que as harmonias do jazz eram por demais simples, pueris, que as suas melodias não passavam de uma série de repetições gêmeas, iguais, banais, com um ritmo monotonamente simples., sem beleza, e privado de encantos musicais. Hoje, ali, *Nirollez* descobriria o que há muito vinha-lhe tomando o tempo. Hoje, ali, colocava em prática a sua transgressão tardia, entretanto, absoluta. Hoje, ali, entendia que o jazz podia fazer uso de uma complexidade rítmica, o que não acontecia na maioria de obras clássicas. Hoje ali com o seu Sax em punho, *Nirollez* notava que a deficiência em compreender que o Jazz era, antes, uma arte distinta, inquieta, transgressora, e que somente assim deveria ser vista, ouvida, entendida e executada, era puramente uma falha sua, um preconceito seu... Hoje, ali na rua, ao perceber o quanto atingia aquele público que lhe fazia sala e mesuras, e que lhe abria os braços em bem-querer, o músico admitiria para si, o quanto o Jazz transpirava e explodia em seu peito o calor das emoções humanas...

Livrar-se do clássico fora uma decisão demorada, ponderou *Nirollez*. Uma desafio sempre adiado, porque parecia-lhe impossível e improvável deixar atrás de si todos os rastros de uma bem-sucedida carreira de maestro e, por extensão, de diretor artístico, de maestro titular, e de diretor de ópera de importantes concertos, inclusive, o musical de Ano Novo em Viena, Áustria, que regera por muitos anos. *Nirollez* lembrou-se, que um desses concertos fora transmitido para mais de 10 milhões de telespectadores. Reviu mentalmente, inclusive, o seu catálogo de composições deixado, agora, a quilômetros de distância: uma trilogia de concertos, incluindo "*música para Violoncelo e Orquestra*", "*para a flauta e Orquestra*" e "*música para o Violino e Orquestra*"; além uma síntese sinfônica do ciclo do Anel de Wagner, que dera o nome de *"O anel sem palavras"*, e que já fora executada pelas principais orquestras do mundo.

Nirollez lembrou-se, ainda, das lições do violino, quando, criança precoce, com cinco anos de idade chamara atenção dos pais e professores. Mais tarde fora descoberto pelo maestro búlgaro Vlad Baka, com quem aprimorou sua direção musical, garantindo aparição pública já aos dez anos, regendo uma orquestra da universidade local. Aos quinze anos, *Nirollez* conquistaria Nova Iorque e, pouco depois, o mundo se curvaria ao seus pés. Tinha consciência disso. *Nirollez* sabia de antemão que precisaria se preparar para o universo. Em seu currículo adicionara o estudo de línguas, matemática, filosofia, direito... e claro, música, música, música. O violino extasiava-o, tal qual o compromisso que carregara vida afora diante de causas ambientais e outras de caráter humanitário. Sorriu ao se lembrar que foram notórias suas apresentações que renderam milhões de dólares em benefício às entidades vinculadas à ONU e UNESCO. Sim, reconheceu *Nirollez*: cumprira o seu papel, e portanto, a hora, agora, era outra. E diante do que ouvira sobre alguns vilarejos com sua fauna e flora ainda quase intocada ao longo da costa brasileira, onde ainda havia a canoa dos pescadores trazendo alimentos, onde ainda viam-se forasteiros se extasiando com tamanha beleza e quietude, onde, ainda, a noite se iluminava pela claridade de uma lua cheia, onde, ainda, a população nativa estava à léguas do consumismo dos grandes centros... *Nirollez* traçara o seu destino final, ali, no vilarejo de Arraial D'Ajuda, distrito de Porto Seguro, no litoral sul da Bahia, e ali chegara, meses atrás, com o seu carregado sotaque portenho; e ainda que falasse francês, alemão, italiano e inglês, fluentemente, dedicava a si mesmo um excesso de cuidados para não revelar a sua identidade, ou qualquer referência a um passado que deixara, definitivamente, distante e para sempre. Por vezes, sentado em frente ao mar, *Nirollez* apanhava um punhado de areia e deixava-o cair das mãos como uma interminável ampulheta que lhe mostrava o tempo e a sua fluidez. Foram dias, ali sentado naquela praia estrangeira chamada Pitinga, junto aos seus paredões de falésias, à sombra dos coqueirais, até o momento em que uma coragem maior lhe sobrepôs de uma forma jamais vista ou sentida. Como algo inevitável, a música pulsou-lhe, novamente, nas veias, saltou-lhe aos poros e explodiu à sua frente como um perfume que exalasse uma essência extasiante. Ali, pela primeira vez na vida, olhara sem culpa para o seu *MK VI*. Encarou-o com algo necessário à sua própria razão de ser e de viver; e ali, na mesma praia, também dera outro passo decisivo: com a caixa de fósforos sob suas mãos, protegendo a sua chama da brisa marinha, *Nirollez* faria surgir as labaredas que pouco a pouco engoliriam para sempre todos os seus registros e documentos... Ali, à beira-mar, ao mesmo tempo em que fazia morrer, burocraticamente, o *Maestro Nirollez*, fazia emergir o seu novo ser, um novo habitante daquela terra encantada. Por isso, quem o visse àquela hora caminhando com seu corpo reto, dobrando-se apenas aos ritmos daquela epifania de sons tirados do *Sax MK VI* naquela madrugada, no exato horário das quatro e quinze da manhã, por certo, embevecia-se como todos ali, naquela rua chamada *"Broduei"*. Mas em meio à música arrancada de um improviso imaginário e *Nirollez* havia o silêncio. Se é que fosse possível, o que o arrebentava por dentro era a intersecção desses elementos: o silêncio e sua música. Havia ali uma nítida rebeldia erudita que se rivalizava com uma ode triunfal da geração beat, *beat generation*, capaz de enaltecer as drogas, o sexo livre, as visões cósmicas, o cotidiano e todas as utopias. Aquele silêncio clássico que ouvíamos, se possível, era cortado, apenas, pela pura poesia de um "Allen Ginsberg" com sua "América": *"Estou falando com você / Você vai deixar que sua vida emocional seja conduzida pelo Time Magazine?"*... Ou ainda, por vezes, ouvíamos, se possível, nitidamente, repertórios que se assumiam como os hinos comandados por um Bob Dylan, em Blowin'in the *win "Quantos caminhos deve um homem percorrer / Antes que seja chamado de Homem? A resposta meu amigo / está soprando no vento..."*

Sem que nos esforçássemos, estava ali um músico a nos dizer que nascera no mesmo dia, mês e ano do ataque japonês à base americana de Pearl Harbor, no Havaí; estava, ali, um músico a nos dizer que nascera em pleno sete de setembro de 1941, ao raiar da segunda Guerra Mundial. Confessava-nos, ali, ao som do seu MK VI, que os anos 50 e os movimentos do *Rock'n'roll*, que chocaram os padrões morais, exaltando a dança, os ritmos, os carros e o amor livre, fase em que o mundo se curvaria aos trejeitos e sensualidade de Elvis Presley, o mito da geração, confessava-nos, *Nirollez*, que expiava ali a sua culpa: não se abalara por isso, ao contrário, deixara-se ir, impunemente. Não vira na irreverência desse movimento razão alguma para polêmica, ao contrário, via-se com orgulho e honra ao lado dos conservadores que o acolheram no seio da música erudita. Se havia, ali, nos anos 50, sinais de rebeldia, qualquer rebeldia, rebelde seria ele, *Nirollez*, o próprio *Nirollez*, por manter-se fiel e agradecido ao ambiente que lhe abrira as portas do mundo no fechado gueto da música clássica mundial. Não, não havia o porquê de traí-los. Ainda que não ignorasse "Chuck Berry" como um dos expoentes da geração, apresentando-se com impressionante sensibilidade, como era o caso da canção Maybellene, em que dizia "*eu ia motorizado pelas colinas e vi Maybellene num Cadilacc Coupé-de-ville rolando pela estrada aberta / Ninguém consegue ultrapassar meu Ford V-8. / O Cadilac vai correndo a 150 / Pára-lama colado a pára-lama, lado a lado, / Maybellene, por que você não é sincera?"*... Não, nem por isso poderia ser infiel ao reconhecimento que tivera. Confessava-nos, *Nirollez*, que os ritmos frenéticos, as imagens destacando a delinquência juvenil, ou mesmo, a referência ao seu nascimento, coincidente com a entrada dos USA na segunda Guerra Mundial, dando origem à chamada Guerra fria, nada disso o atingira, *Nirollez* sentira-se à margem dessa geração e jamais um desajustado; não tivera sobre si qualquer *vazio existencial*, qualquer *mundo novo* a defender, senão a descoberta dos clássicos como *Bach, Chopin, Hayden, Mozart, Verdi, Strauss, Wagner, Tchaikovsky, Schumann, Beethoven, Toscanini*... e também não sentira inveja alguma, a música clássica embevecia-o, dava-lhe o necessário alimento, o futuro brilhante, evocava-lhe o ideal do belo e do prazer; a sua forma escrita acalentava-o, as partituras soavam-lhe como um remédio prescrito a quem lhe executasse a obra, com definições claras e precisas de altura, velocidade, métrica, ritmo, além da exata maneira de se levar à cena a sua peça musical... Sim, era isso: menos espaço para qualquer prática da improvisação!... Sem contar ainda o rigor necessário da atmosfera solene e silenciosa das salas de concertos, razão pela qual, ele, Nirollez, sujeito às exigências de um público ilibado, erudito e privilegiado, fora, inúmeras vezes, contemplado com os acalorados *"Bravíssimos!"*

Em seus contornos pelo ar, sob as mãos hábeis de *Nirollez*, o *Sax MK VI* fazia-nos ouvir pela própria boca do músico que não seguiria, jamais, o caminho proposto à delinquência. Viveria impassível ao modelo *way of life* com todas as suas benesses e favores. Não, *Nirollez* jamais fora um delinquente, um desajustado, um desviante. Não, *Nirollez* insistia em nos fazer ouvir que jamais delirara por um Marlon Brando no filme "O Selvagem"; também nunca saíra do chamado *"bom caminho"* e não sofrera qualquer consequência diante da película "Juventude Transviada"; e também, dizia-nos, não ter visto o que tantos viram e disseram sobre esses filmes, como em *Sementes da Violência*, em que se mostrava toda a carga de hostilidade no relacionamento dos jovens e a sociedade hostil da época. Ainda que o tema musical fosse endeusado, porque era o *Rock around the clock*, o primeiro grande *hit* do rock'n'roll, e que se tornaria um brado de guerra para milhões de adolescentes, *Nirollez* contava-nos ao som do seu *Sax MK VI*, que não fora atingido por nada disso. Se para todos, estava claro os conflitos com a escola, com a direção, com os professores, para *Nirollez*, ainda que no filme "O balanço das Horas", os jovens se rebelassem contra o Mestre, quebrando sua coleção de discos, porque ele os queria junto ao Jazz tradicional, queria que os jovens descobrissem o fascínio da música clássica, *Nirollez*, alheio e distante, afirmava-nos, que ele já estava dentro dela, já segurava sua batuta, participava, estudava, mantinha-lhe o respeito, praticava sua disciplina, seguindo os cânones, todos, da musica erudita. Ainda que a seu redor idolatrassem "James Dean" com suas caretas, roupas e cabelos, e o elegessem, quando da sua morte prematura num desastre, o mito de *juventude transviada*, por reconhecerem nele a própria irreverência, a força vital e opositora ao *status quo*, *Nirollez* não sentira nisso a modernidade e os desafios de que tanto falavam; não enxergava em James Dean, o símbolo do novo, do diferente, e por outro lado, também não se entregara à violência, às famosas bolinhas, ao rock, e a quaisquer experiências sexuais avessas ao seu protocolo... Ainda que tudo isso tenha-lhe invadido a imaginação, *Nirollez* seguira, dizia-nos, irredutível aos propósitos tradicionais da sua música, do seu comportamento, de sua vida de estudante, amado e apoiado para uma causa maior – a música clássica!...

Todos, ali na "*Broduei*", cada qual à sua maneira, extasiava-se diante do que ouvia na *Esquina do Mundo*. Era certo que estávamos presenciando mais do que víamos; era certo que estávamos diante de uma saga irreversível, à frente de uma história em que a palavra "fim" se fazia latente, provocando-nos um certo estranhamento, uma comoção, sem que pudéssemos ou soubéssemos avaliar o exato tamanho daquele tombo, ou ainda, qualquer possibilidade prévia de se mensurar a profundidade daquela travessia. Ainda que lhe dissessem – insistia *Nirol-*

lez – que outros jovens buscaram um sentido novo e alternativo ao rock'n'roll, ao mundo materialista simbolizado pela "águia" americana; ainda que diante da publicação de *On the road,* de Jack Kerouac, que punha "*o pé na estrada*", e de certa forma jogava por terra o mundo burguês e capitalista, oferecendo a todos uma purificação espiritual e religiosidade, o certo é que também diante daquela vida aventureira, mesmo tendo o Jazz como companhia, ainda assim – reiterava *Nirollez* – mantinha-se distanciado dessa juventude que pregava a fluidez, o improviso, a aversão às normas, uma *new music* que libertasse, que desse prazer, que se aproximasse das minorias, ainda assim, dizia *Nirollez*, minoria era ele, sim, pois viera e conquistara com garra e brios, o sagrado templo da música erudita, e ainda que não fosse avesso ao que pregavam, por certo, ignorava-os, mantinha-se alheio à chamada *beat generation*, ainda que dentro dela surgissem admiráveis poetas e escritores como um *Kerouac, Burroughs, Ginsberg, Ferlinghetti, Corso, Snyder* e outros, muitos outros... Confessadamente, dizia-nos Nirollez pela voz do seu MK VI, acompanhara à distância apenas, tanto que – penitenciava-se – sabia de cor a "América" de Ginsberg: *"Todo mundo é sério menos eu / Passa pela minha cabeça que eu sou a América (...)".*

Aos vinte e poucos anos, *Nirollez* testemunhara o surgimento de uma nova geração, entretanto, insistia não ter sido atingido de forma alguma, pois, prendera-se à sua torre de marfim e já há muito estava à frente de composições para violino com suas primeiras incursões ao mundo da ópera Pode se dizer que os poetas e escritores *beats*, que tentaram uma ponte entre a arte e a vida, antecipando-se aos movimentos dos anos 60, da cultura alternativa, alheia e independente ao reconhecimento da sociedade, também não o afetaram, pois para *Nirollez*, ainda que vivesse a plenos pulmões os estilhaços dessa década explosiva, e a despeito de tapar seus ouvidos para modismos como *twist, calipso, tchá-tchá-tchá, hully-gully* e a todas as febres das chamadas *discotecas* e seus novos astros como Paul Anka e Neil Sedaka, presos a um rock mais leve, também vira e acompanhara o surgimento dos novos tempos, das exigências raciais, como as lideradas por Martin Luther King Jr., que de peito aberto às injustiças, ao combate ao racismo, pregava a quem quisesse ouvir, a *não-violência* como forma de se abrir espaço na "estreita" sociedade americana: "... *O sino da desumanidade do homem para com o homem não dobrará por nenhum homem especial, mas por qualquer homem. Dobra por você, por mim, por todos eles*"... *Nirollez* percebera o acirramento da chamada Guerra Fria, a invasão frustrada de Cuba no episódio da Baia dos Porcos, o surgimento do Muro de Berlim, que definia a separação dos blocos Comunista e Capitalista, *Nirollez* sentira os ecos de uma bomba atômica de *50 megatons*, mais poderosa ainda que a lançada sobre Hiroshima... *Nirollez* vira a corrida nuclear e espacial, as consequências da Guerra do Vietnã, o que sempre confirmava com a leitura do poema de um dos veteranos da campanha: "*Eu fui, um dia, atropelado pela verdade e desde o acidente andei deste jeito, por isso engessem minhas pernas, me digam mentiras sobre o Vietnã...* *Nirollez* acompanhara Joan Baez e Bob Dylan, estrelas maiores das canções de protesto: "*Quantos caminhos deve o homem percorrer / Antes que seja chamado Homem? (...) Sim, e quantas vezes as balas de um canhão têm de voar antes que sejam banidas para sempre? / A resposta, meu amigo, está soprando no vento, a resposta está soprando no vento (...).* *Nirollez* vira de perto o surgimento dos Beatles e dos Rolling Stones, duas forças básicas responsáveis pela convulsão cultural daqueles anos. *Nirollez* jamais se esquecera de *My Generation*, do grupo The Who, cujas palavras, ainda que as abafasse, provocaram-lhe durante muitos anos: "*Para as pessoas não valemos nada / Só porque estamos com tudo. / A barra anda muito pesada. Antes morrer que ficar velho. Esta é a minha geração, baby / Porque vocês todos não desaparecem?"*

Sim, dizia-nos, *Nirollez*, estava ali frente a frente com um movimento que remava contra a maré, que batia de frente com o que apregoava a sociedade moralista, racista, consumista e tecnocrata, entretanto, não pensara como esses jovens em "*cair fora*" dos padrões estabelecidos em busca de uma postura alternativa, uma cultura própria, assim como fizeram os *hippies* em direção ao "paraíso *aqui e agora*", com seus lemas de *"paz e amor"*, de liberdade física e mental em suas comunidades místicas, ou em meio ao *psicodelismo* das drogas e das utopias na era de Aquarius... No entanto, reconhecia que vira também no bojo desse tempo, um verdadeiro terremoto, o quão difícil seria essa travessia, pois sentira na pele que suas ideias e objetivos dançavam ao fio da navalha, afinal, defendera com unhas e dentes, com um rigor irreparável, que sua música clássica, e não o Jazz, é que estava fadada à "atemporalidade"...

É certo que se mantivera avesso aos grandes festivais como *Woodstock, Altamont, Monterey* e outros, em que surgiram novos expoentes da musica mundial, como Jimi Hendrix e Janis Joplin; também confessava-nos que ouvira, sim, o refrão que todos sabiam existir em *Lucy in the sky with diamonds*... e, claro, acompanhara todas as intenções de alegoria ao LSD, ainda que negado, veementemente, por John Lennon... Pois, então, perguntaria a si mesmo: *Por que acreditar nessa história jovem, nesse poder jovem?*... Mas fora diante dos movimentos políticos dos anos 60, em especial, o *"maio de 68"* francês, que Nirollez balançara. Sim, também entendia os protestos estudantis como reivindicações por um ensino melhor, mais coerente, entretanto, vira o desencadear de uma greve geral de dez milhões de pessoas... Não, não era apenas o "*é proibido proibir*", ou as palavras de ordem "*pedindo o impossível*"... Não, 1968 apresentara-se como uma brecha na história, e fora capaz de colocar em xeque a sociedade que se pensara até então: una, coesa, organizada, sem ranhuras!... Nirollez entendera, sim, que o mundo reagira com uma grande recusa, em que "*os de cima não conseguiam mais mandar e os que estavam embaixo não queriam de forma alguma obedecer*". Sim, era o ano de se recusar a tudo, aos partidos oficiais, ao comunismo burocrático, ao consumismo desenfreado... Cada movimento, em cada país, com o seu adversário cruel pela frente: autoritarismo, imperialismo, guerra, sociedade de consumo, ditaduras latino-americanas... Todos os caminhos, portanto, apontavam em outra direção, traziam bandeiras comuns contra hierarquias, moralismos, valores tradicionais. Um grito lancinante ecoava em todo o planeta. Mas *Nirollez* também vira chegar o "*The dream is over*", o sonho daqueles jovens chegara ao fim, carregando todas as utopias e os seus comandantes...

E *Nirollez* conseguira, a seu jeito, sair sobrevivente, no entanto, por tudo e por todos, estava ali àquela hora, naquela rua, em um novo momento, seguindo, avançando, caminhando até onde fosse preciso, sem volta, sem retorno, até o fim... Purificava-se de sua culpa, buscava diante de todos uma reparação de existir, pois mantivera-se à margem, impassível, fugira à luta, escolhera colher todos os benefícios do *establishement*... Pois agora, que lhe deixassem seguir, pagar o seu preço, sofrer o que lhe era imponderável...

Os improvisos do músico *Nirollez*, com seu *Sax MK VI* já ganhavam distância na travessia da *Broduei*; deixavam para traz o *Bar Chaparrals* e as portas do *Manda-brasa*, alcançando mais à frente o *Bar Geraes* e o avarandado do *Alto-astral*, de onde se desvendava a estradinha de terra batida que descia em direção à praia... O som improvisado do músico *Nirollez* no seu *Sax MK VI* passara a comandar a sinfonia não de uma rua apenas, mas de um caminho que nos levava, a todos, em direção ao mar... *Nirollez* seguia em sua travessia como quem cumprisse uma simples e lenta desarmonia vivida naquela madrugada. Os seus pés, pouco a pouco, já tocavam a areia da praia, atingindo lentamente o quebra-mar, ainda leve, calmo, raso, movediço... A sua música rivalizava-se com o bramir das ondas, dimensionava à altura, como numa audição clássica em seu ápice melódico, capaz de expandir o espaço, a superfície, a profundidade, a textura... levando o jazzista a seguir improvisando acordes, timbres e harmonias em direção aos arrecifes, onde o clarão metálico do seu Sax, sob uma intensa luz do luar, ia indo, seguindo, avançando o horizonte até onde a água interpunha-se à vista da gente, até onde um sexto sentido nos indicava que aquela noite engolira para sempre o *maestro Nirollez*... Até a gente sentir na própria pele que o mar, o maestro e o MK VI, em verdade, uniram-se como uma só coisa, num só corpo, em uníssono!...

Nota:

"A Travessia" é uma narrativa ficcional. *"NIROLLEZ"* é um anagrama imperfeito de **"Lorin Maazel"** – maestro norte-americano, estrela de primeira grandeza na música clássica, a quem é dedicado este conto.

O Autor

O autor Celso Lopes é natural de Guará, interior do Estado de São Paulo, e tem formação em Letras pela USP/SP, com pós-graduação em Língua Portuguesa e Literatura Brasileira (UNICID/SP). Atua em Comunicação e Marketing na produção de textos, roteiros e direção de audiovisuais/multimídia. Participa de concursos literários nacionais, tendo conquistado diversas premiações.

Premiações do Livro *"Pedra na Contraluz"*:

- **2009 – 1º Lugar no Concurso da União Brasileira dos Escritores – UBE/RJ** – Prêmio Bernardo Élis de Contos e Medalha Harry Laus;

- **2008 – "Menção Honrosa" – Concurso Literário Cidade de Manaus/AM** – Prêmio Artur Engrácio – Livro de Contos.

Premiações do Conto *"Pedra na Contraluz"*:

- 2003 – Concurso Literário AFUBESP*/2003 – *Antologia de Contos e Poesias, p. 37*
Conto: *Pedra na Contraluz.*
Classificação: Primeiro Lugar
(*) Associação dos Funcionários do Grupo Santander Banespa

- 2006 – Concurso Osman Lins de Contos *(Fundação Cultural Cidade do Recife/PE)*
Conto: *Pedra na Contraluz.*
Classificação: Coletânea (10 autores) – p. 51

- 2006- Concurso Literário XII Antologia de Contos Albert Renart *(São José dos Campos/SP)*
Conto: *Pedra na Contraluz.*
Classificação: Participação da XII Antologia de Contos (coletânea) –p. 29

- 2006– Concurso Nacional de Contos "Prêmio Jorge Andrade" – 2006 – *Academia Barretense de Cultura/ABC – Barretos/SP (Antologia)*
Conto: *Pedra na Contraluz.*
Classificação: Terceiro Lugar

Comentário

"**Pedra na Contraluz**, de Celso Lopes, leva para o centro da trama uma luta urbana em que as moedas de troca são a violência, o desamparo existencial e uma sexualidade irrefreável. Nesse microcosmo, seus seres são esmagados por estruturas que não conseguem mais barrar, depois que a máquina começou a agir. Criaturas desesperadas, protagonistas da violência num campo em que não há vencedor"

In: Prefácio à **Coletânea Osman Lins de Contos – Volume 2**
(Secretaria de Cultura / Prefeitura do Recife/PE – 2006)
Ivana Moura (UFPE) – Jornalista e Escritora.

Agradecimentos

O texto *"Pedra na Contraluz"*, que dá nome a esta coletânea de contos, cuja concepção narrativa traz à tona algumas situações-limite que, via de regra, empurram e conduzem os personagens para um caminho sem volta, nasceu de uma simples notícia de jornal, como tantas outras que se amontoam nas páginas policiais. Conto-título da coletânea, e diversas vezes premiado, *Pedra na Contraluz* delineou os rumos desse trabalho que agora coloco à disposição do público-leitor, com reconhecido apoio da Editora Ícone, e a imprescindível parceria da Polystell do Brasil Ltda – fabricante de Aditivos & especialidades químicas.

Agradeço, imensamente, o apoio recebido de colegas, amigos e leitores. Um agradecimento especial à Jurema Carvalho, na maioria das vezes, a primeira leitora e crítica dos contos. Dedico esta edição àqueles que, em Guará – onde nasci – me queriam um pouco acima do seu tempo, e para tanto, muitas vezes, desdobraram-se, cada qual à sua maneira, nesse empenho – **Seo Chico** (*in memorian*) e **Dona Tunica**, meus pais.

Celso Antonio **Lopes** da Silva